KB059672

『돌그물』그림책을 구상하며 안면도 취재를 다니며.

원고를 편집하며.

추석에 부인 홍경화, 아들 석의(두레), 태의(결)와 함께.

큰아들 두레의 유치원 행사에서 역할극을 보며.

능촉

시집『고향 길』에 실린「詩」육필 원고.

시인의 시집들.

윤중호 시전집

詩

윤중호 시전집

詩

임우기 엮음

솔

일러두기

1. 이 책은 윤중호 시인이 생전에 펴낸 『본동에 내리는 비』(문학과지성사, 1988), 『금강에서』(문학과지성사, 1993), 『靑山을 부른다』(실천문학사, 1998), 『고향 길』(문학과지성사, 2005)에 수록된 시 전 편을 실은 윤중호 시인의 시 전집으로, 마지막에 유고 시와 미발표 시를 실었습니다.

2. 출간된 시집에 「자서自序」(시인의 말)가 있는 경우에는 그대로 수록하였으며, 각 시집의 부 구성도 그대로 따랐습니다.

3. 외래어 표기를 포함한 맞춤법의 경우 되도록 출간된 시집을 따르되, 원문을 훼손하지 않는 선에서 편집상의 명백한 오류로 보이는 단어나 띄어쓰기를 바로잡았습니다.

엮은이의 말

비근대인의 삶과 문학을 그리며

서늘한 바람같이 시인 윤중호가 세상을 떠난 지 18년.

늦게나마 『윤중호 시전집: 詩』를 펴내게 되어 퍽 다행이란 생각을 지울 수 없다. 사실 윤중호의 시는 시인이 타계 후 얼마 지나지 않아 한국문학 판에서 가뭇없이 잊혀갔다. 그의 주옥같은 시편들도 사람들의 뇌리에서 덧없이 사라지는 듯하다.

하지만 척박한 시절이 깊어지고 길어질수록 윤중호의 시는 목마른 사람들을 깊은 샘으로 인도할 것이다. 시인이 길지 않은 생애에 이룩한 도저한 시 정신은 새로이 기록되어 널리 사람들에게 기억될 까닭이 있다.

진흙 속에서 연꽃을 피운 시인, 윤중호의 시가 많은 사람들에게 향유되고 문학사적으로 새로이 깊이 조명되길 바란다.

2022년 2월

임우기

차례

4부 고향 길

Ⅰ 시

Ⅱ 고향 길

Ⅲ 입적

1부

본동에 내리는 비　1988

첫 시집이 나올 때는 모두들 '부끄럽다'는 말을 많이 쓰곤 한다. 근데 나는 부끄럽다는 말보다는 '참 염치없다'고 써야겠다.

습작기의 시부터 요즘 쓴 것들을 순서대로 죽 늘어놓았다. 낯 뜨거운 것도 많이 있지만, 그런 건 그런 것대로 한마디 듣는 게 옳을 것 같아서 거의 손을 보지 않았다.

시거든 떫지나 말랬다고, 쯧쯧.

1988년 10월

I

본동일기 · 하나

흑석동 산 날맹이, 내가 세 든
무허가 판잣집 너머
헐리운 집 담장 근처에, 샛노란
돼지감자꽃이 피었습니다.
바람이 불면 흔들릴 줄도 알아서
한강 대신 흐르던 저녁 안개가
무허가로 밀려와도
손뼉 치며 깔깔댑니다.
오랜 행상에 지친 우리 엄니는
사글세 보증금 걱정을 하시고
판잣집과 함께 언제 뜯길지 모르는, 내 건강을
걱정하시지만
"근디 엄마"
저는 딴전을 피며 말했습니다.
"글씨 두고 봐유, 내년에도 다시 돼지감자꽃이 필 텡께유"

본동일기 · 둘

일곱 세대가 세 들어 사는
내 옆방의 옆방 아저씨
일 년을 살고 나왔다고도 하고, 접때는
이 년을 살고 나왔다고도 하는
그 아저씨의 죄를 나는 모른다.
나이 오십이 넘도록, 한 게 뭐 있냐고
술 취한 아저씨에게 대드는
아줌니의 앙칼진 목소리에도, 조금씩
시린 습기가 배어가고
눈이 내리고,
판잣집만 즐비한 산동네에도
새벽이 오려는지
바람은 더 거세어지고
산도 웅크리고 낮아져
예배당 종소리는
언 하늘에 낮게 부딪쳐
눈은 내리는데
얇은 벽 사이로 들리는
"나 좀 내비둬"

아저씨의 목쉰 웃음소리
위로, 눈은 내리는데
새벽은 오겠지
부엌문이 열렸다 닫히고,
나는 내 옆방의 옆방 아저씨를 모르고
삼 년도 넘게 일자리를 못 얻게 하는
그 아저씨의 모진 죄가 무엇인지를 모르고……

본동일기 · 셋

── 도혁이 성님께 보내는 편지

성님, 옆집 아저씨가 또
싸웠습니다.
며칠을 잠잠하더니, 오늘은
세간을 다 부수는 것처럼 난리였습니다.
소주 한 병만 더 먹겠다는 아저씨와
돈도 못 버는 주제에 무슨 술이냐는 아줌니가
욕지거리로 맞대꾸하며
어스럼할 때까지 싸우다가, 성님, 결국은
서로 부둥켜안고 우는 모양이지만
판잣집 위로 보름달이 떠오르고
달무리 주위로 부는, 겨울바람을 따라
동네 개들이 짖어대고……
그런데 성님
그 아저씨만큼 구수한 옛노래를
아줌니만큼 간절한 기도를 들은 적이 없습니다.
이 세상은 아무래도
구수한 옛노래와 간절한 기도만으로는
되는 게 없는 모양이래서, 성님
감춰논 사글세를 헐어서

아저씨의 남은 소주 한 병의 주량과

아줌니가 채 못한 기도를 제가 대신했습니다.

"주님, 우리가 알게 모르게 지은 죄는

절대 용서해주지 마옵시고……"

본동일기·넷
— 본동에 내리는 비

성님, 모든 게 젖습니다.
아침마다
국립묘지를 다녀오시는, 옆집
할아버지의 보건체조가 젖고,
또 하루를 공친, 지하철 공사장 아저씨들의
담배 연기가
선술집에서 젖고,
보증금을 20만 원씩이나 넣은
내 사글셋방 앞에 심어논
호박잎이 젖고, 그 뒤로
아무렇게나 버려진 공터의
풀잎이 젖고,
옆방 아저씨의 청승맞은 유행가도
따라 젖고, 젖다가는
한강물도 제법 뽀얀 물보라를 튀기면서
젖어갑니다.
성님, TV에서는 한강 수위가 어쩌구
말이 많지만, 제일한강교 위로
대낮에도 불을 켜고 씽씽 달리는 차를 보며

산동네 사람들은, 애기를 들쳐업고 꾸적꾸적
물귀경갑니다. 아무도 말을 하지 않습니다.
무섭게 불어오르는 물을 보고
무슨 생각을 하는지 알 수야 없지만
깜깜하도록 퍼붓는 장맛비도
지랄맞고 눅눅한 산동네의 답답한 마음들은
적시지 못하는 모양이지요?

본동일기 · 다섯

 내 옆방의 아저씨, 실직했다고 며칠 전 아줌니랑 대판 쌈을 벌이더니, 아줌니는 보따리 싸들고 집을 나갔는데, 어디서 성능 좋은 녹음기 하나 장만해 와서는 아침부터 간드러진 유행가 가락이 번지더니. 글쎄, 그 아저씨와 나는 대낮에도 구들장을 등에 지고 번듯이 드러누워서, 내가 벽을 쿵쿵 두드리자 그 아저씨 한물간 목소리로 "총각 왜 시끄러워서 그랴" "아뉴 볼륨좀 높여 달라구유" 어쩌구 악을 쓰며 신이 났는데…… 그 가락에 맞춰 담뱃재를 털고, 엄니의 병환과 사글세 걱정을 하고, 또 한편으로는 라면 상자에 슬그머니 손을 넣어보니 어헤라 열 개도 더 남았구나 신명이 나서 발장단도 쳐보고……

 그런데, 차암내 그게 아니었던 모양여. 유행가를 따라 부르던 아저씨의 질펀한 노래가 코맹맹이 소리로 바뀌는가 싶더니 이내 뚝 그치고 말았거든? 뭔 일인가 기웃거려봤더니 글쎄, 녹음기 혼자 뽕짜르작거리고 아저씬 눈이 벌개서 천장만 쳐다보고 있더라닝께. 그럼 녹음기 소리에 맞춰 '에헤라' 어쩌구 하며 발장단이나 치고 앉았던, 나는, 이 푼수 같은 놈은 그럼 뭐 하는 놈인겨. 갑자기 또 두 눈이 썸먹해지더라닝께.

본동일기·여섯
── 다시 4월에

아무도 찾아오지 않는다.
황사바람이 불어왔다 가라앉고
꽃샘바람이 다시 황사를 털어내는 4월
바람결에 묻어온 소문으로는, 남녘 어딘가에는
진달래가 피었다고도 하고
개나리가 피었다고도 하고

아무도 찾아오지 않는다.
한강물은 풀리고
서초동 꽃시장엔, 철도 없이
무더기로 핀다는 꽃들
남 일이지 도리질하며
오지 않는 봄을 헹구어, 울긋불긋한
겨울 빨래만 펄렁대는 산동네엔
그 흔한 개나리꽃도 피다 말고,
고향의 살구꽃 대신, 줄줄이
때 낀 가난을 걸어놓아도
돌아가지 않겠단다, 일 많은 고향으론.

본동일기·일곱

옆집 김 씨 아저씨가 죽었다.
사우디도 갔다 오고, 그 사이에
부인이 바람을 핀 것도 아닌데
빚만 지고
눈꽃 핀 앙상한 가지에
목을 매어 죽었다.
새벽까지 들리는
질기고 애끓는 울음소리를 들으며
차가운 방바닥에 배를 깔고 누워 있으면
본동 산동네
찢어진 루핑 사이로, 언 달빛은
파랗게 떨며 비틀대는데
씨 뿌릴 한 뼘의 땅도 없이
잘살아보자던 약속이 서러워
애꿎은 가슴만 갈아엎으며
떠나는 사람들.
수도는 얼어터지고
눈꼽을 떼면서
아침을 맞아도, 마냥

겨울비처럼 떠도는 사람들.
빈민 구제용으로 통일쌀이 나오고
목사가 와서 찬송가를 부르며
그의 천당행을 기도했지만, 천만에
뿌리를 내리면, 땅도
덩달아 굳어져버린다.

본동일기 · 여덟

── 방을 구하며

복덕방도 문을 닫은 정월 초하루
산동네를 기웃거리며
방을 구한다.
넓은 서울에서, 등 뉠 데가 없다는 것이
이상한 일은 아니지만
춥고, 을씨년스러워
즐겁게 웃고 가는 사람들을 멀거니 쳐다본다.
같이 살던 친구는 장가를 간다
── 잘된 일여!
같이 살던 후배는 '민족문학의 밤' 일로 바쁘단다.
── 그것도 좋은 일여, 남 일 같긴 하지만

전세방은 염도 못 내고
사글셋방을 얻는 데도 말이 많다.
신혼집은 총각이라 안 되고
살 만한 집은 말만 한 딸이 있어서 안 되고
안 되고 안 되고 안 되고
참 총각 시세 없는 세상여!

사흘 동안이나 꽁꽁 얼며 구한 방은
보증금이 모자라, 하루만 참아달라고 빌어도 소용없어
그 집 대문 앞에 짐을 쌓아두고
이리 뛰고 저리 뛰는데, 웬 청승이랴?
이 차가운 겨울비는……

본동일기·아홉

내가 사는 본동의 가파른 골목길에
나싱개, 달래, 듬북쑥, 애기배추, 풋마늘, 정구지……
손바닥만 한 좌판을 벌려놓는
그 아줌니, 한쪽 눈은
백내장으로 보이지 않고
장사가 되지 않아, 늘
지푸라기처럼 졸고 계시지만, 세 살 난
옆집 지현이의 손을 잡고
햇살 따사로운 골목을 걸어가면
딸이냐고, 입을 가리고 웃으셨다.
요즈음
사글세 걱정이 일인
딱한 신세인 내가
들큰한 애기배춧국이나 끓여볼까 하고
좌판을 찾아가, 언뜻 보기에
싱싱한 애기배추를 고르자, 그 아줌니는
손을 저으며 일어나셨다.
"총각, 뿌리째 뽑힌 것이 정정하면
물을 많이 뿌려 양분이 없는겨"
시든 배추를 골라주셨다.

본동일기 · 열

나는 비탈에 산다.
아침저녁, 등산하는 기분으로
올라다니는 산동네지만
장마질 때는, 제일한강교로
슬슬, 물구경 다니는 맛도 있고
이틀에 한 번씩은, 옆방 아저씨의
쌈구경하는 맛도 있다.
나는 비탈에 산다.
천 원짜리 미술 준비를 못 한 옆집 주희가
울면서 학교를 가는 동네지만, 비탈에서도
깔깔대면서, 나무는 하늘로 곧게 자라고
푸짐한 이파리를 피워
시원한 그늘도 만들 줄 안다.
나는 비탈에 산다.
사철 응달인 비탈이라, 봄은 더디 오지만
겨울 소식은 언제나 일등으로 오고,
몰랐지? 먹어봐야 입만 아리지만
여기서는 돼지감자꽃도 핀다.
나는 비탈에 산다.

부자 동네의 육십 몇 층짜리 빌딩보다도

더 높은 곳에 사신다.

종일 물 받기에 바쁘고 연탄값도

아래 동네보다 10원씩 더 비싸지만, 박 씨 아저씨는

10원씩 더 비싼 연탄값 때문에

술값이라도 생긴다.

새까맣게 종일 일해야

삼천 원 벌이지만, 그게 어디냐고

높은 데 사시는 분답게 매사에 열심이시다.

열심히 술 먹고

열심히 교회도 다니고

열심히 싸워, 심심찮게 코피도 터지지만,

산동네를 철거할 땐 두고 보자고

연판장도 돌리고

연일 술추렴이 벌어지는

부럽지?

나는 비탈에 산다.

김포공항에서
―누님의 편지

돌아올 수 있는 사람들은
떠나지 않는다.
결혼에 실패 또 실패, 쫓겨나듯
뒤에 두고 가는 나라.
떠나는 건, 잊기 위해서가 아니라
소중한 것들을 소중하게 간직하기 위해서라지만,
떠나는 사람들은 떠나기 위해 검사받고
보내는 사람은 보내기 위해 검사받는 곳.
김포공항,
이왕 서럽게 살 바에야, 아주 낯선 나라에서
몇 곱절 더 서럽게 살 일이라고
다짐하고 떠나는 곳.
차도 많고, 집도 많고, 땅도 많고
욕심도 많은 미국에서
서러운 황인종의 후예로
먼지 묻은 옷을 빨며, 다림질하며 산다는 누님.
올 수 없는 나라에 사는 동생에게
부친 편지에 번진
잉크 자국은, 아마
눈물 자국은 아닐 거야. 그럼 아닐 테지.

새벽 기차를 타며

20년 전, 무서운 아버지를 피해
저녁 차를 타고 외가에 사시던 엄니한테
도망쳤던 날 밤
회초리로 종아리를 때리며
엄니는 우셨다.
외할머님이 쫓아나오며 말렸지만, 엄니는
맨손으로 땅바닥을 치시며 우셨다.
별이 아득하게 보이던 밤을 뜬눈으로 지새고, 나는
다음 날 새벽 기차에 다시 몸을 실었다.
공부해서 성공을 해야 한다고
눈물 바람으로 쥐어주시던 천 원은
오랫동안 내 호주머니에 구겨진 채 있었다.
엄니의 성공은 아마
판검사나 의사 또는
돈 많이 버는 직업을 갖는 것이었겠지만
다니던 잡지사도 그만두고
다시 터벅거리며 돌아가던 날,
엄니는 내 성깔 탓을 하셨다.
성깔 탓이 아니라고 생각하던

그 자식놈은
입조심, 몸조심하라고 몇 번이나 타이르시는
엄니 말씀에 대답도 않고
묵묵히, 밥만 퍼넣고 있었다.
그날도 별은 아득했었고, 나는
다음 날 아침 다시 새벽 기차에 몸을 실었다.

수산시장에서

오랜 행상으로, 팔과 다리에
신경통이, 늘
그림자처럼 붙어다니는
엄니가
몸살을 앓으신다길래
영광굴비나 한 두름 사드릴까 하고
수산시장을 기웃거리다가
"아줌니 이거 어떻게 해요"
주머니 돈을 꾸깃거리며 묻는 내게
"맛은 참 좋은디 비싸서……"
내 꼴이 꼴뵀던지
졸다 깬 눈을 다시 감으시는
아줌니의 피곤한 꿈 너머로
영광굴비 대신으로
굴비보다 더 싸게 엮여들어간
친구놈의 허연 얼굴이, 대롱대롱
바람에 흔들리고
불쌍하기는, 담장 밖에 갇힌 사람이
더 불쌍하지만

면회랍시고 책 한 권 밀어넣어주고
말을 잃고 있는 내게, 연애하라고
비죽이 웃던……

"총각 어떻게 할껴, 살껴?"
"……"
그럼요 살아야지요 살아봐야지요
소주잔에 놈의 얼굴이 비치고, 거짓말처럼
황사 바람이 불어오고……

할머님 무덤가에서 · 하나

비탈 오르시듯 숨차게 사시다가
다시 비탈에 묻히신
할머님,
지 설움도 채 못 챙기고
붉게만 물들어가는,
지천으로 널려 있는 이 꽃도 못 보시쥬?
경운이 형은 빚 때문에
고향을 뜬대나 봐요, 또
심천 할머님은
두 눈이 안 보이셔서
더듬거리고 지내시구요, 답답하기는
사지가 멀쩡한 이 손자놈이 글씨
서울꺼정 매달려와서
더듬거리며 지낸대유, 할머님
제가 피리를 불면
할머님 다시 춤을 추실뀨?
잦은몰이 넘어가듯
달빛 풀어헤치어
촉촉한 풀벌레 소리로 울면

신신하게 부는 바람모냥
다시 춤추실규? 할머님.

할머님 무덤가에서 · 둘
— 다시 4월에

'다칠라 다칠라' 부는 바람을 따라
피었네, 지천으로 피어나네
깜깜한 땅속 어디엔가
춥고 아프게 흐르다가
잠든 사람들의 머리맡에
붉히며 피어나네, 진달래.
남아 있는 사람들은, 지금
어쩔 텐가, 나는
할머니 무덤가에 풀이나 뜯으며
잊고 살자고, 그저
잊고 살자고 했는데
아직 흘릴 눈물이 남았던가?
해그림자 언뜻 비껴가는 곳
날근리 강변이 먼저, 벌겋게
눈시울 붉힐 줄이야.

남대문시장에서
— 꽃 가게의 할미꽃을 바라보며

왜 또 이렇게 피어나는규, 할머님
구부러진 허리도
진주홍 죽음꽃도 여전하신데
눈물, 한숨 범벅타령으로
일흔 평생을 피시구선, 아직
눈 못 감을 원이 남으신규? 또
달 밝은 밤에는
풀피리를 잘 부셨다는
할아버님 얘기가 남으신규?
그래도 그렇지유 할머님
왜 낯선 남대문 꽃 가게에서
웅숭거리고 모여계신규.
할머님,
여긴 도매시장이래유.
할머님이 걱정하시던
이 손자놈의 성깔도 도매금으로 넘어가고, 다섯 번도 넘게
실직을 했고, 터벅터벅 아무도 없는
사글셋방으로 돌아가 불을 켜면
키보다 더 길어진 그림자만

불빛에 매달려 흔들거려유.
서울은 뒷구리보다 엄청 크고
친구들은 멀리 있구유.
장타령에 소주 한 잔을 걸치며
아는 얼굴을 찾아, 질척거리는
남대문시장을 기웃거리는
이 손자놈을 보시구선
왜 자꾸
눈물만 흘리시는규.
왜 자꾸 말없이
고개만 숙이시는규, 할머님.

II

고향, 다시 강가에

돌아가라 돌아가라
펑펑 내리는 눈 맞으며
금강에 서면, 고향, 저녁 안개 속으로
빈 들녘은 저물어가고, 나는
많은 것을 버리며 살아왔지만
고향 강만큼 낮게 흐르지 못하고
뒷구리 감나무처럼, 허허허
굽어웃지 못했다, 슬금슬금
완행열차만 서는 곳이지만
할머님은 돌아가시고, 객지에서 돌아온
경운이 형도 다시 객지로
돌아갈 채비만 하는 곳
잡풀 사이로 부는
강바람을 따라, 나는 또
어디로 돌아가라고
자꾸만 내려 쌓이는가
눈, 눈, 눈

언덕의 얘기들
— 누동학원 개교 5주년에 부친다

언덕은, 올라가도

올라가도 숨이 차지 않았다.

까치발을 선 채로, 우리는

보이지 않는 것을 보려고 했지만

눈을 감고도 보는 법을 배운 것은

여기, 이 언덕을 다 올라오고서부터이다.

다락골 날맹이, 다락 같은 운동장에 모여

잔바람에도 흔들렸지만

안장검, 의점, 발화지, 노루땅, 쪽다락골, 감나무골

고대도가 보이고

흔들릴 때마다

풋보리 피는 소리에

얼굴이 까맣게 타서, 우린

손을 잡고 웃었다.

기차 소리가 들리지 않아도

예쁜 수염을 휘날릴 줄 아는 강냉이에 싸여, 우린

얼굴을 가리지 않고서

하늘을 보는 법을 배운다.

배운다, 무심한 듯이

온몸을 떨어 소리 내는 보리호뜨기처럼
온몸을, 온몸을
내어 보이는 것들을.

안면도 · 하나

야물게 맺힌 옹어리처럼
천 년을 문대도 지워지지 않는다.
안장곰
너머로, 바람나무를 깨물며 찬찬히
해가 뜨고
發火地, 고의춤에 감춰논
헐렁한 내력을
소금기 배인 바람을 껴안으며
헤픈 웃음만 흘리며 살아온 사람들,
먼저 마른 김조각을 날리며, 다시
바람이 불고, 내가
안면도, 그 차거운 새벽을 적셔줄 수 있는
안개비가 될 수 없을지라도
대곳이 너머로 부는 바람에 날리는
흙먼지조차 될 수 없을지라도
비릿한 갯내음을 잊기 위하여
고개 돌리진 않으리라, 이제
아무도, 이곳을
버림받은 땅이라 할 수 없으리라, 이제

아무도, 비껴 서는 바다의 울음소리를
미움이라 할 수 없으리라
말장 뗏목을 띄우며, 또 바람이 불고
온몸으로 찬 바람을 안은 채, 산비탈마다
겨울보리가 새파랗다

안면도 · 둘
── 문 씨 아저씨의 주정

지금도 생각하면 울화가 친다.

자방침 공장에서 짤린 손가락이, 칩은
갯바람만 살폿하면, 아려온다.
갯바람만 살폿하면
잠깐잠깐 정신을 논다.
비탈밭 몇 뙈기에도 맴을 붙이지 못하고
새파란 나이로 취했다.

── 누가 이놈의 속을 알근남
　　누가 지 속을 알유
　　웃자란 조합장을 올려부치고
　　징역을 먹었을 때도, 이만
　　사려 물었는디
　　워치게 헌대유
　　돌 지난 자식놈은 방싯거리고
　　혼례도 못 치른 여편네는
　　올 가슬만 바라보는디
　　접때, 장인어른 환갑날유

취허지도 못혀구 너털웃음만 흘렸슈

돌부리한 돼지고기를 사들고
술을 마시러 간다.
풋보리 피는 소리에 얼굴을 그슬리며
술을 마셔도 거시기하고
벌떡거리며 가슴이 난리질치면
바다를 본다.
바다를 봐도 시원치 않고, 사려물 때마다
진달래만 피었다.
옹골지게 옹골지게 사려물어도
갯바람만 불면
갯바람만 불면, 글씨
진달래만 피면 뭣헌다?

안면도 · 셋
— 유채꽃, 영란이 아버님의 소금목도, 바다자리꽃 또는 서울로
  간 종란이 언니의 소식, 저녁 바다 안개

"반타작이락도 헐 수 있남"
깔깔한 입맛을 다시며
기영이 아버님이 몰고 오는 어둠도
스산히 자리잡아
영란이 아버님이 밀어논 갯가 염전에서는, 유채빛, 노랗게
진한 한숨을 게워놓더니

파도, 치지 않는다

말없이 다가와
굳은 마디만 펴보이는 바람을 얼싸안고
바다자리꽃,
희떠운 눈을 부릅뜬 채
춥게 서 있다

파도, 치지 않는다

저녁, 바다 안개에 젖을수록 빛나는 이파리랑 함께, 다시
사려물으며

한 사리 바다로, 묵묵히
터지게 넘쳐올 뿐.

안면도 · 넷

장형, 정말 왜 그런지 몰러. 술만 마시면 온동네가 시끄러워. 술만 없으면 골샌님인디. 몰러, 그 순한 눈에 갑자기 핏발 서는 이유를. 동네 사람들도 장형 놉 은을 때는 한 사람 반 몫을 쳐준다고 허잖여. 안면도에선 소문난 상일꾼여, 상일꾼. 나 같은 놈은 열 명이 달라붙어도 택도 없어. 근디 왜 그런지 몰러.

접때도 그려. 초저녁엔 갓 심은 모가 뿌리몸살 앓는다고 아픈 자식 보듯 휘청거리고 논빼미로 다니더니, 언제 술 먹었는지 몰러. 술에 취해 느닷없이 달겨들어선 방문 다 부숴버리고 부엌문짝 다 부숴버리고 기르던 돼지새끼를 천지사방으로 다 도망가게 해놓고…… 그래도 신통허게 사람한테 해꼬지는 안 혀. 한번 신명났다 치면 "면민 여러분 신나는 사까스가 왔응께, 저녁 일찍 해잡숫고, 총각은 츠녀 손 잡고, 홀애비 과부 손 잡고, 누동 날맹이로 모여주셨으면 쓰겠습니다"

어쩌구 하는 숭내도 잘 내고 허드만.

장형이 죽었어. 농약 마시구선 돼지막 옆에서 버둥대다가 죽었대능겨. 주녀리콩만 헌 동네에 소문이 자자했지. 원래 간질기가 있었다는디 그걸 비관해서 죽었다는 둥, 농투산이헌티 시집오겠다는 색시가 없어 그랬다는 둥(사실 몇 년 전에 여자 잡으려고 서울 구로동 어디서 근 일 년 공장일 하다가 내려왔다능겨),

아니고 승언리 젊은 과부랑 그렇구 그런 사이였는디 그 과부가
다른 사내랑 눈 맞아 도망갔다는 둥, 빚을 얻어 돼지를 샀는디 돼
지값이 갑자기 지랄스럽게 되는 통에 빚 걱정 때문에 그랬다는
둥, 여튼 소문은 엄청 많았지.

　근디 이름 밝히길 거부허지 않는, 정통한 소식통인 근영이헌
티 들은 말은 그게 아니대. 장형이 하루는 이것저것 골치 아프니
께 이놈의 동네를 뜨자구, 어디 가면 이만큼 못 살겠느냐구 그래
서 엄니두 좋다구 해서, 논 두 마지기 팔구 밭 팔구 집은 사겠다는
사람이 읎어서 그냥 놔두구, 몇 푼 쥐구 도시로 나가기루 합의가
됐다능겨. 그런디 도시루 뜨기 하루 전날 그렇게 갑자기 죽은겨.
왜 그런지 몰러. 사실 몰를 것두 없지면 꼭 이렇게 살아야 되는 건
지 잘 모르겠어. 정말.

안면도 · 다섯

비가 왔다, 부는 바람으로
올라오던 강냉이가 일제히 엎드려 있고
엎드린 채로, 허연 강냉이꽃을 터뜨려대던 지난 밤, 다락골
젊은 아낙네가 죽었다.
도열병은 번지는데
농약을 마시고
스물일곱 살의 한참 나이로 죽었다.
비탈 콩밭을 맬 때도
갯가 조개를 캘 때도, 한참씩이나
해찰을 해쌓더니
죽기 전전날 밤엔가는
안개 속에서, 젖은 달빛처럼, 서럽게 울었다든가
서울에서 딴 살림을 차렸다는 남편은, 아직
기별도 없는데
새벽 안개에 머리칼을 적시며, 누가
저리 섧게 우는가.

네살박이 딸은
술래잡기에 신이 났는데, 눈이 시린가

바다는
구부정한 하늘을 핥으며 말이 없다.

안면도 · 여섯

— 申哥야 녹두꽃이 폈어야

우수수, 하얗게 탱자꽃이 떨어졌다.
한숨은
김발을 아무리 촘촘히 엮어도
잘만 새어나가더라고

申哥야,
지게 하나 삼태기 하나로
산, 자갈밭을 일구어
싹이 나지 않아도 자꾸
씨만 뿌려대더니
申哥 니놈, 속이 탈 땐 땅을 판다든가.
늙은 엄니의 해소기침 소리도, 저녁 바다 부르는
과년한 누이의 유행가 가락도
탁배기 뚝심으로
옹골치게 파제끼더니
申哥야 申哥야
녹두꽃이 폈어야.

안면도·일곱
—1980. 5. 20.

그날, 이 선생은 방바닥을 치면서 울었다.
무엇을 해야 하느냐고
우리는 이 안면도에서 무엇을 하고 있느냐고.
교실 슬레이트 지붕이
바닷바람에 날아가 박살이 났고
누동리의 동네 개들이 발작적으로 짖어댔다.
우리는 이 선생의 눈물을 보며
멀거머니 창밖을 쳐다보거나, 방바닥을 보고 있었다.
서로의 얼굴을 보는 것이 부끄러웠다.
4월 검정고시가 막 끝나고
그 문제에 대하여 이야기하는 중에
들었었다. 그날
우리는 학생들을 일찍 돌려보낸 후
빈 교실에 앉아서 오후 내내
운동장 가득 빛난 5월의 빛과
빛고을에 대한 죄책감과 부끄러움으로
허둥댔다.
이 선생은 뗏목을 타고라도 그곳에 가자고 했다.
그날, 우리는 쌀도, 시험지도, 백묵도

없었다. 없었다. 그날 이후 우리는

우리가 살아 있다는 어떤 표시도……

광화문에서

비가 내립니다. 그러면 광화문에도
빛다발 대신
얼룩진 슬픔의 빛다발이
아스팔트에 촉촉이 젖어
반짝입니다.
길은 사방으로 엇갈려 나 있고
날렵한 차들은
끼리끼리 모여
물을 튀기며 씽씽 달려가고,
하늘을 가릴, 우산 쓴 사람들은, 또
우산 쓴 사람끼리 모여
빗물을 따라
마냥 흘러갑니다.
무딘 손바닥밖엔
하늘 가릴 것이 없는 사람들이거나
아예, 이것저것으로도 가릴 것이 없는 사람들은, 또
끼리끼리 모여, 이순신 장군의 동상과 함께
마냥 젖어갑니다.
젖어가면서, 풀꽃처럼 물기를 털어내거나

헐린 국제극장 너머 칙칙하게 젖은 하늘을
말없이 쳐다보기도 합니다.
젖은 것이 또 젖고, 비가 그치면, 광화문에서
숨이 턱 막힐 빛다발이 터져올지도 몰라
버스 정류장도 아닌 곳에 모여
볼멘소리로 하늘을 바라보며
웅숭거리고 모여 있는지도 모를 일입니다.

1983년 5월
— 승식에게

아카시아 만발했는데
5월은, 아침마다
빛으로 출렁이는데
핑계 삼아, 팔도유람이나 하겠다며
고개 숙여 찾아온 동생놈
학교선 제적을 당했다고
엄니는 몸져 누우셨다고
어둔 하늘을 한참이나 올려다보며
남 일처럼 얘기하더니
며칠을 굶었는데도
배가 고프지 않다고, 아니라고 아니라고
도리질치던, 그
쓸쓸한 웃음이, 이젠
야간 완행열차에 실려 곱게 피어 있는지
용산역에 라면 봉지가 날리고
좋은 데 있다고
늙은 아줌니가 자꾸 끄는데……

오월의 빛을 그리워함

어여

어여 오라

추운 어깨 감추지 말고

언뜻 비치는 바람의

언 그림자가 되어

홍건한 눈물, 옷소매로 문대며

오라, 어여 오라

차가운 겨울비 멈추기 전에

초저녁 별

깜빡이는 그리움 되어

어여, 어여, 어여 오라

설핏 지나는 꿈속에서도

그리운 이여

얼어붙은 강가의

뜨거운 빛다발로, 우리 모두

뜨거운 빛다발로 뒹굴 때까지……

흑석동 김 씨
— 이 땅에 살며 뿌리내리는 것만으로도 사랑이라 이름하는……

낯선 불빛 사이로
비가 내린다. 한강은
울먹이며 젖어드는데
가을걷이는 다 끝났나 몰라
팔팔하던 근력도, 이젠
옛날 같잖아
소주 한 잔에도 휘청대지만
충청도, 파꽃 피던 정든 마을도, 다
물에 잠겼다더라
감꽃 같던
느린 말투, 흥건한 눈물도
모두 떠났다더라,
아무도 없는
고향을 가면 뭣 하나
물푸레나무 위로
유람선만 지나고
안개만, 지천으로 핀다는 걸
쓸쓸한 웃음만 흘려드는 서울에서
포장집 취한 그림자로 젖어들며 살지만, 들린다

들린다
고향 봄 밭둑의
속살대는 아지랑이 소리, 소리.

길을 익히며

서울의 길을 익힌다
이게 내가 먹고 살 길이려니 하면서.
그 흔한 동구 모퉁이도 없고
개울도, 감나무, 까치집도 없는 길.
이제껏 살며 길을 익혀왔지만
사는 시늉은
노상 그 시늉이었다.
여기서 14번 좌석버스를 타면
광화문에서
이순신 장군을 만나고
또 몇 번인가를 타면
면목없이 면목동행이란다.
이런 곳에서
청계천 평화시장을 가면
싸구려 옷 사이에서
평화를 만날 수가 있을까,
참 알 수가 없다
서울이란 동네를.
다들 참 용하게 살아가지만

어디를 둘러보아도
마른 등허리만 내다보인다.
한강은 목을 외로 꼬고
쓸쓸히 흐르고
제3한강교 위로
씽씽거리며 차는 지나는데
정말 신기하다.
몰라라 하고 사는 사람들 틈에서
아는 얼굴 하나
만나기 힘들어
어디 비척거리는 주정꾼이나 만나면
친구 삼아 어울릴까,
사람들 모두 웅크리며 살아가지만
이 걸음새로 어디까지 갈 수 있을 것인가?

겨울보리

나뭇잎들로 어지러이
흩어졌다. 지난 늦가을
차가운 흙 속에 널 묻으며
기다려야 한다, 기다려야 한다고
말하지는 않았다. 오지 않는
새벽 대신으로 산비탈 눈 덮이고
내 할 말 뜨겁게 멍 진 겨울
바람결에 엷게 비치는 봄 같은 것을
아니다 아니라고 즈려밟았다.
밟히지 않으면 뿌리까지 얼고 말아
살고 싶었다. 언뜻 부는
바람결에도 봄이 그리웠지만
강은 얼어 흐르지 않았다.
흐르지 않는 강을 보면서
소문은 추운 얘길 흘려보냈다.
그래, 추운 얘기에 뿌릴 내려야지.
4월의 아픈 푸름으로 설 때까진
껄끄럽게 살아온 내가
땡볕 아래서 너를
껄끄러운 흥겨움으로 안을 때까진.

입춘

추위하는 얼음덩이도
슬슬
강기슭으로 다가와
꺼칠한, 땅의 뿌릴 적시는데
때없이 날아든
따슨 바람에 놀라
습습하게 깨어나는
새벽.
산 1번지 연립주택
양지밭 들꽃풀이,
지하철 공사장 함마 소리가
엷은 바람에도
울멍이는데……

구두레 나루터에서

하루 점두룩 비가 왔다.
초겨울, 구죽죽이 비를 맞으며
춥게 웅크린 저녁이 강을 건너고
한번 건너가 돌아오지 않는 마을엔
우울한 저녁연기가 피어올랐다.
젖은 채로 백마강이 흐르고
강을 건널 수 없는 바람나무들은
마르고 터진 등허리만 보인 채
감픈 꿈인 양 남은 이파리를 털어냈다.
작은 바람에도
엷은 웃음을 보이곤 했지만, 그해
겨울이 다 가도록 아무도 찾아오지 않았다.
문득 길이 끊어지고
불러 손짓하던 산들도
묵묵히 그림자를 드리웠다.
스산하게 덜컹대는 소문만 안고
군대에 있는 친구에게 편지를 쓰기도 하고
법정에 선 친구의 핼쑥한 얼굴도 만났지만
구두레 나루터,

취하여 비틀대는 어둠만 남아 있었다.
매운바람이 치를 떨고
강은 다시 길게 누워 흘렀다.

III

8월, 수박장수

1

꿉꿉이 배어나는 땀을 닦으며
개장국집이 즐비하고, 손금 보는 할아버지가
헛기침을 삼아 부채질하는
원동 뒷골목을 간다.
애초에, 소리 지르는 맛으로 시작한 장사지만
왜 이렇게 돌아가야 하는 길만 많은지
빌어온 리어카 바퀴가 퉁겨지게 끌어도
맨숭맨숭한 등허리만 보이는 수박은
영 줄질 않는다.

2

셋방살이에 이골난
건넌방 월성댁한테는
떼온 값으로 팔고
아랫배가 둥그런 사람한테는

둥근 만큼만 붙여서 팔고
점심 끼니야
막걸리 한 사발로 때웠지만
삐꺽거리는 리어카를 끌고, 팍팍한
먼지를 내며 휩쓸려가는
길거리에 서면
막걸리를 질펀히 걸쳐도
목이 탄다, 목이 타

3

누이야 누이야
가난이 지겨워 도망 나온 고향이
산수박으로 이름난 전라도 어디라지?
빼앗길 것도 이제는 없어
맨몸으로 부대끼며 산다는, 너의 현주소는
대전의 중동 10번지.
수박 한 덩이 값으로 건네받은

너의 쓴웃음이 묻은 돈으로
길거리의 냉차를 나눠 마시며
네가 내뱉은 욕설을 낄낄거리며 듣다가
애꿎은 고물 리어카만을 걷어차고서
다시 낄낄거리며 어깨를 움츠린 까닭을
누이야 누이야
너는 알지 몰라.

졸업식에서

영문과를 졸업하면
어떻게 다 먹고 살 수 있는 게 아니겠냐구
영문과를 들어갔어
그렇게 봄, 여름, 가을, 겨울
네 해가 지나갔어
누구는 영물이 되어 나가고
나는 고물이 되어 나가게 됐어
낯선 나라 말 배우던 친구들
서로 낯설어서, 곁눈질
우린 곁눈질로 지내왔어
이 추운 날 이제
그렇지, 헤어지기 위해 모여 있는 것
취직 얘기에 열 올리는 친구들을
머쓱하게 바라보고 있는 내게
직장을 빼먹고 나온 야간학교 제자들이
축하한다고 종이꽃다발을 내밀었어
아직도 졸업 못 하는 호명이는
막걸리 두 되를 덜렁거리며 들고 왔고
드높은 웃음소리로 사방이

잠시 환해져 아아!
우리 서로 악수를 나누곤 했지만
그러나 친구여 친구여 이젠
팔 벌려도 손 잡을 수 없어.

요즈음의 일기

걸린다
그리 큰 키도 못 되는데

걸린다
술집의 외상값에도
덜컹대는 버스 속에서도
다짐하지 않아도
번개로 시작되고 끝날 수도 있다는
사랑이라기엔 좀 뭣한
우리들의 연애에도

걸린다
하늘이 낮아서 걸린다
고개를 들면 받히고
숙이고 걸을수록 하늘은 더 낮아지고
한참을 둘러봐도
세상은
밤새 안녕하신 듯싶은데
걸린다

멋대로 얽혀 있는 법이라는 것에도
소박하기만 한
지어미의 사랑에도
유난히 나만 못 가진 상식이라는 것에도.

걸린다
하늘이 낮아서 걸린다
내세울 것도, 가진 것도 없는 주제에,
구죽죽히 내리는 비를 보며
차거운 방바닥에 엎드려 끄적인
이력서의 회답으로는
예비군 훈련통지서가 나오고.

내 친구 姜哥

그놈은 아침 여덟 시에
은행에 출근하여
하루 종일 남의 돈을 센다
팔랑팔랑
혼잡한 은행동 길엔 마른 이파리가 날리고,

하루 종일 남의 돈을 세다 보면
저도, 낙엽처럼
팔랑팔랑
맥없이 말라가더라고
취직 때문에, 연애 때문에 또 말해선 안 되는 무엇 때문에
영 기가 죽은 날 보고
월급날
팔랑팔랑
소주잔이나 사면서 말했다.

습기 하나 없이, 낙엽처럼
팔랑팔랑
바람 부는 대로 몰려다니다가

서로 몰라라 하고 살까?
재수 없이
소제부 싸리빗자루에 쫓겨
웅숭거리며
산성동 쓰레기 처리장에서
한 줌 재로 남고 말까?
꿈 같은 것은 고목나무에게나 맡겨두고
팔랑팔랑
돈이나 세며
낙엽처럼 흩어져 살까?
팔랑팔랑

야간학교 1

우리는 저녁마다 모였다.
지쳐 허물어질 듯 기대곤 했지만
그렇기 때문에 더욱 웃었다.
4월달 검정고시가 끝난 뒤
금숙이랑 명우는
대입검정고시를 위하여 떠났고
근무시간에 쫓기던 매숙이는
몇 날을 서성이던 교실 옆을
고개 숙이고 떠났다.
또 몇몇은 말도 없이
자리를 비곤 했지만,

우리는, 야간 근무 때문에 자리가 비어 있는
숙희의 자리를 못 본 척 넘기려 했고, 이제는
모두가 함께 모일 수 없어도
새삼 까닭을 묻질 않았다.
알 수 있었다. 군인 영장을 받아논 우리 오빠가
왜 술만 마시면 우는지를.

우리는 저녁마다 모였다.
모여서는 실없이 낄낄거렸고
맥없이 우울해하곤 했다
눈을 비벼도
모자란 잠 때문에
눈꺼풀이 아파왔지만
형광등 빛이 어둡지는 않았다.
우리는 미워하기 위하여 주먹을 쥐진 않았다, 그러나
잊을 수는 없었다,
침침한 형광등 빛도
야간 근무 때문에 비어 있는 숙희의 자리도
서성거리다 떠난 매숙이의 힘없는 발걸음도
쓰리며 다가오던 저녁 수업의 배고픔도
우리는 저녁마다 모였다는 것도.

야간학교 2

상섭이, 술에 취해
어렵게 얻은
지하실, 교실 유리창을 깨버리고, 건물
주인이 쫓아나와 삿대질을 하고
주인에게 머리를 굽신대던 선생들이
우르르 몰려들었다.
40명도 넘던 학생들이, 수업중에
달려나오고
열여덟의 나이답지 않게
팔뚝에 담배를 지진 상섭이
교실 벽에 기대어 큰 소리로 울고……
졸음기 그득한 형광등 불빛에 비쳐
눈물이 빛나고, 칠판에는
낯선 나라 말의 발음기호.
그때는 몰랐었다.
대전역 앞에서 구두를 닦던 상섭이가
술에 취해 한 얘기를,
아마, 외로워서 그랬으려니……
쫓아낸다고 주인이 펄펄 날뛰고, 선생들은

상섭이의 퇴학을 결정했었다.

상섭이,

몇 번씩 교실 문 앞에서 서성대다가

떠나고

구두를 닦던 대전역 앞을

떠나고

네가 앉았던 콘크리트 사이에

보송보송한 민들레꽃,

서울로 떠났다고, 아니다

청주로 떠났다고, 아니다

민들레 꽃씨로

바람결 따라 떠났다고, 아니다 아니다……

용두동 김 씨는

어젯밤에
김 씨네 양철 지붕이 날아갔다.
삭정이처럼 마른 김 씨는
왕년엔, 날리던 상일꾼
노가다, 약장수 야바위꾼으로
여기저기 기웃거리며
고물장수 30년 만에 흘러온 곳이
용두동 산 1번지.

비가 와 공치는 날이면, 술내기
장기판에 끼어, 훈수패랑
난장판
쌈박질도 벌이지만
한 불태기도 올려붙이지 못하고
왜장만 질러대다가
분에 겨워 술만 퍼대는,
김 씨의 십팔번은
꿈에 본 내 고향

"워째서
못 쓰는 전기밥통만 고물이라고 혀
염생이똥 같은 소갈머리로
양양이 부리는 놈들은 죄다……"
5년째 신는다는
사철구두를 꿰고서는
씨양 바람을 가르며
기세 좋게 산을 내려가는.

어떤 이별을 위하여 · 하나

내 마른 어깨 너머로
바닷물 빠져나가는 소릴 듣고 있다.
겨울새 한 마리 내려앉을 곳 없이
얼어붙은 겨울로
저 그림자 앞세워 떠난 사람아!
그래도 그립지야
아침보다 더 먼저
강보다 더 멀리 달아난
강 안개, 습기, 서러운
휘파람 같은 그리움도……

어떤 이별을 위하여 · 둘
— 공주 금강에서

너 때문에 여길 온 게 아니야, 정말이다.
금강 옆, 마른 강냉이 이파리 서걱대는 밭둑에
가을이 깊어갈수록 땅속에 뿌리 깊게 내려
애기쑥, 봄을 준비하는지, 단지
그것 때문에 여길 왔어, 정말이다.
너 때문에 여길 온 게 아니야
왜 있지, 아침마다
낮은 휘파람 소릴 내며 흐르던, 금강의
새벽안개, 아직도 살아
퍼렇게 출렁대는지, 단지
그걸 보려고 여길 왔어, 정말이다.
널 잊어버리자고 여길 온 게 아니야
어부집 가는 길 옆
아직도 금강은 낮게만 흘러
흐르고 또 흘러, 하얀 물싸리나무꽃, 아직
한 묶음씩 터뜨리는지,
그걸 보러왔어, 정말이다.

어떤 이별을 위하여 · 셋
— 포장마차에서

그림자만 남아 있다.

넋두리를 다 담을 수 없는
소주 두 병의 공간과 헛된 웃음소리는
핏기 없이 흔들대는데
진즉 취한 사내는 떠나고
어두운 카바이트 불빛 아래
그림자만 쓸쓸히 웃고 있다.

나는 누구를 사랑할 수 있느냐
누가 날 사랑할 수 있느냐

묻고 답하고
묻고 답하고

또 어떤 이별을 위하여

나는 아직도 이별하는 법을 모른다.

백마강 새벽안개, 그 안개를 짙게 적시며 배어오던 빨간 해
아침의 신선한 냉기
때때골, 새벽안개를 뿜어 올리던, 이 시린
물싸리나무꽃, 안개만큼만 흔들리고 아침이면
부소산에 쌓이던 산새들의 울음소리, 소리
강바람이 불 때마다, 아지랑이가 터쳐내던 백마강변의
노란 무우꽃
위로, 흰 모시같이 겹쳐 보이던 하얀 나비의
가벼움, 가벼움, 그 가벼운 날갯짓의 투명함

겨울, 구두레 나루터의 향수 같은 어스름, 너머엔
마른 갈대밭을 나르는 연, 한 꼬마 녀석은
전깃줄에 걸린 연을 보며 울고 있었다.
흔들리기만 하다가, 바람 부는 대로
흔들리기만 하다가 흩어진, 방패연의 마지막 비상이여
기다리기만 하다가 뒤척이며
기다리기만 하다가

한 번도 날지 못한 자의 우울한 취함이여, 나성지 나성지
내가 취했을 때마다 찾아가던
신동엽 시비, 그 위로
저녁놀은 엷게 비쳐오는데
말이 없다
그대는 왜 말이 없는가
그대가 진정한 넉넉함을 배웠을 땐
그대가 진정한 사랑을 배웠을 땐
그대가 진정한 사랑을 배웠을 땐
아아! 그것은 죽음? 침묵?
강 안개 짙은 날은 낙화암에서조차
사람 사는 곳을 볼 수 없었다
초소에서 보던 깜깜한 어둠
으로 하여금 더욱 빛나던 별 별들, 모두를
헤아릴 수가 없었어, 내 외로움과 부끄러움은
새벽 세 시, 그래 새벽 세 시라도 좋았어, 찬비에 젖어
웅크리며 찾아들던 목로주점은, 불을 켜도 침침하던
60촉짜리 백열등

나는 아직도 이별하는 법을 모른다

진술
— 초소에서

헝클어진 장발을 날리며, 어둠은, 포레의
진혼곡을 연주하고 있었어
그 우울한 화음 사이로
이를 내밀고 웃는 달빛을 따라
낯선 개들의 울부짖음이, 비릿하게, 그러나
처절하게 들렸어
온종일, 강 건너를 향해 까치발을 치는
마른 갈대를 다시 말리며, 꿈속에서까지
바람이 불고 있었어
차가운 강바람에 섞이어, 매웁게
휘파람 소리가 들리곤 했어, 휘파람 소리에
취한 그림자 몇 개가
닫힌 대문을 두드리며 울었고, 어둠 속에서
암호를 외는, 숨죽인 얼굴을 문대면
꺼먼 숯검정이 묻어났어
부끄런 얼굴을 들어 별을 헤면
어둠, 또 그 어둠 너머엔, 온통 창백한
안개, 안개만.

편지 1

— 1979. 4. 19.

친구여, 나는

그날

데모 진압 훈련을 받고 있었다.

하늘은 철없이 맑았지만

바다는 온통 음울한, 회색빛 파스텔로

개칠이 되어 있었다.

이미 시들어버린 진달래 너머로

대원 서넛은

4·19 비상으로 금지된 외출 외박을, 그리고

벌써 사흘째 오지 않는 애인의 편지를 마냥

기다리고 있었다.

친구여, 나는

그날

빈 하늘만 자꾸만 올려다보고 있었다.

그러니, 안심하라 친구여

그날은 여느 날처럼 별일 없이 지났고, 더구나 우린

더 이상 빼앗길 어떤 것도 가지지 못했으니깐

친구여, 나는

그날

대망의 80년대에 대한

쓸쓸한 환상에서 깨어났고

다음 날이 왔고 그래서

4월 20일이 됐지만, 변한 것은 아무것도

정말 아무것도 없었다.

그래서 당분간은 누구에게도 편질 쓰지 않기로

다짐했다.

하늘을 보고 침을 뱉으며

다시 뱉으며.

편지 2

— 1979. 10. 5.

친구여, 그날의 신문은
한가위의 서정에 대해서만 다투어가며 사설을 썼었다. 그래서
우리는, 서로의 눈을 피하며 낮고 음험하게 웃었고
말없이 바다 쪽을 바라보고 있었다.
바다는 능청스레 말이 없고, 우리는
고향을 갈 수 없다는 허허함에 젖어
한 잔의 소주에 취하여
30년대식의 해묵은 유행가에 등을 기대고 있었다.
취할 수 있는 기다림만으론, 어디에도
고향이 없으리라는 것을
잘 알고들은 있었지만
더 이상 기댈 수 없을 때까지 술을 마셨고, 그러다간
일없이 너털웃음을 웃으며
얼굴을 들 수 없는 부끄러움에, 안타까이
고개를 숙이곤 했다.
친구여, 그날은
왜 그렇게 하늘이 맑고,
햇살은 평화스러워 보였는지, 그러나
어둠과 함께 낮아진 하늘은

별을 헬 수도, 별과의 거리를 짐작할 수도 없을 정도로
냉랭한 바람이 불었다.
바람과 맞닥뜨리기 위하여
소주병을 꿰차고 올라간 내무반 옥상의 한쪽 구석에서, 나는
취하지도 않는 술을 마시며
식어가는 하늘을 올려다보고 있었다.
아, 아 그러나, 친구여
우리가
작은 바람에도 흔들리는 나뭇잎이거나
한 포기의 거칠은 잡초처럼
뿌리 뽑힌 채 흔들린다면
누가 누구를 기억하며, 그래서 또 오늘을 부끄러워할 것인가?

저무는 강가에서 1

수상한 갈대만, 옹기종기
철새 몇 마리
기웃거리며 흐르고 있다, 흐르다가는
흐를 수 없는 곳까지 흐르다가는, 을숙도의
흐린 물도 잠들고
잠들 수 없는 것조차 이미 잠들고,
음울한 달빛에 취하여
잠든 꿈속으로만 흘러드는 강.
흘러가다오
흘러가다오, 내가 한 줌의
서툰 바람에 흘러
흐린 강물에 흘러,
낙동강이여
낙동강이여, 흐를 수 없는 곳 끝까지
바람, 소리의 끝까지 넘쳐흘러서, 나를
용서치 말아다오
흠집 난 기다림과
기다림과, 그리고 나의 비겁한 취함을.
흐를 수 없는 것조차 흐르고 또 흘러서, 나를

용서치 말아다오
용서치 말아다오.

저무는 강가에서 2

　　―흐린 강물을 따라 노 젓지 않고서도 땅의 끝까지 쉽사리 갈
수 있었던
　　자들이, 야위어진 한 포기 풀잎조차 그리워하고 있을 때
　　저무는 강가에는, 노을처럼 엷게 비쳐오는
　　하늘 가장자리의, 그 비어 있는 곳 비어 있는 곳
　　습습하게 번져오는 부끄러움과 기진한 어둠이……
　　니는 그림자로 별을 헤며 백을 넘게 헤고서도 쉽사리 잠들 수
없는
　　들풀꽃이다
　　들풀꽃이다, 들바람 같은 어둠은
　　바람에 적셔 있는 습기 같은 것을, 자꾸
　　지우려 했다.
　　지우고 지우고 다시 지우면, 휘파람 소릴 내는
　　바람 같은 것만 남아서,
　　바람 같은 것만 남아서
　　저무는 강을 거슬러오르고……

겨울, 다시 백마강변에
── 구두레 나루터에서

1

(지난가을 파란 달빛을 헤치며, 비인 들판을 달려오던 아이들,
꿈꾸던 아이들)
　　언 강, 언 산
　　위로, 저녁의 남은 잔영에 젖어
　　눈이 내리고, 스스로 온몸을 떨며
　　눈이 내리고
　　강과 함께 얼어 있는 배

　　물 흐르는 소릴 들을 수 없다
　　죽어서 흐르는 강
　　죽어서 지내는 법

2

(그래 내 어릴 적 우리 어머님, 당신은 내 곱은 손등을 보시고
벙어리장갑을 사주셨습니다. 그때 어머님, 당신은 벙어리장갑을

잃어버리지 말라고 내 목 주위에 길다란 끈을 매주셨습니다. 그치만 어머님, 이제 손이 아무리 시렵더라도 당신의 자식놈은 벙어리장갑을 끼진 않겠습니다. 설령 내가, 아! 어머님 어머님 내가 손이 너무 곱아 벙어리장갑을 낀다 해도 다시 그 끈을 목에 걸진 않겠습니다)

　　어머님은 나에게

　　걷는 법만을 가르쳐주셨다

　　조심스럽게, 아주 조심스럽게

　　걷는 법을

　　3

　　내가 나한테까지, 내가, 낯설게 보인다면

　　어머님 어머님, 다시

　　눈이 내리고

　　구두레 선술집, 외로운 호야등 주위로

　　회한의 그림자 같은 것이 모여, 서먹서먹

　　서로의 빛만을 간직한 채

내린다,

눈, 눈, 눈,

살기 위하여

나는, 어둠 속에서, 더 가야 할
길이 있음을
살아 있음으로 하여
나를 헐벗게 하던
나를 영원한 죄인이게 하던
바람 속에서
비인 두 손을 내밀며
또 내가, 누구의 소리 없는 죽음을 서러워하듯
취하여 웃고, 미친개처럼 흐느껴 다니던
그 저녁, 나는
겨울비 사이로
한 사내의 낯선 어둠과 만나고
촉촉이 겨울비에 젖어
식은 가슴을 쥐어뜯는
수를 헤아릴 수 없는
우울함에 밀리어
누구는 서둘러 떠나고, 쓸쓸한 겨울 달빛을 빨며
누구는 차라리 자랑삼아 절망을 배우고,
내가 살아 있는 한

쉽사리 살아갈 수 없음을
쉽사리 살아남을 수 없음을
그러나, 나는
잊지 않겠다.
멈추어버린 괘종시계의 태엽을 감으며
어둠 속에, 그들의 별을 심으며
귀 기울이며
끝내는 그들의 죽음을 믿지 않으며
갈갈이 얼어터진, 차가운
겨울 몸뚱어리를 핥으며……

용호2동°

흐드러지듯, 흰 날갯짓에 묻어나는
가벼운 현기증
노란 취기의 아지랑이에, 아찔한
겨울초 꽃

열 개의 손가락으로 열을 셀 수 없는 자들이거나
네 개의 손가락으로 열을 셀 수 없는 자들이거나
꿈을 버려야 사는 자들이, 한 움큼씩
꿈붙이에 실려주는,
헐리운 생선횟집의 담장 근처나
천주교 공원묘지의 천사상 주위로
심심하게, 서성대는 바람.

동백섬은 붉게 타는데
잃어버린 여섯 개의 손가락이
유난히 시려운 새벽 바다가
불끈 적셔내는, 샛노란
겨울초 꽃

° 부산시 용호2동에는 나환자 집단 거주촌이 있다.

그림자 속에서 그림자로 숨으면

새벽. 백마강은 그 선명한 갈기를 번뜩이며 이른 강가를 안개로 치달아 강을 에워싸고, 산을 에워싸고, 나를 에워싸고, 순식간에 그림자만 남겨놓습니다. 비로소 산은 산이 됩니다. 그러나 산이 안개 속에서 산이, 그 침묵, 또 침묵의 산은 이미 산이 아닙니다. 그림자일 뿐입니다.

    술래는 남고
    떠날 자는 떠나고

그림자 되어 그림자로 꿈꾸며 그림자에 취하는 우리는 술래입니다. 그림자로 꿈꾸는 어둠 속에서 안개는 눈을 감으며,

    그림자 속에서 그림자로 숨으면
    안개 속에서, 우리는, 또
    어둠을 적시는 안개입니다.

백마강변에서

춥습니다, 바람 속에서
그리고
어둠 속에서
쥐불을 놓습니다.
칼날 같은 동지 바람이
언 강을 에어올 때마다
불빛은 우리의 그림자 둘레에서
흔들리고, 또는
야위어갑니다.
어지러운 말발굽 소리만 들리고 천 년 동안이나
백마는 말이 없습니다.
바람은
겨울 숲 그 어귀에서
시린 이빨을 부딪치며
차가운 바람 속에서, 얼얼한
신음, 소리로 날고
졸음이 밀려와서 나는
자꾸 웃었습니다.
그러니까 나는

어둠에 관하여서는
서투른 유미주의자였던 셈입니다.
겨울 갈대가
허연 뼈마디만 덩그런 채
외롭습니다.
부러질 줄도 안다면, 그놈은
강자입니다.

시간을 알 수 없습니다, 그래서
살고 싶습니다
나는, 아직도 많이 외로워야 합니다.
손마디가 허옇게 갈라질 때까지
죽는 자를 잠재우기 위하여
죽는 자가 다시 죽지 않을 때까지.

1978년 4월 · 2

근시입니다, 먼 곳은 그림자도 보이질 않습니다
불효에 익숙해져 있긴 하지만
조금씩 몸을 사리고 있습니다
주제에 살고는 싶어서
3월 초순인가 중순쯤에 새 안경을 맞췄습니다
새 안경으로 심한 독감을 앓았습니다
열에 둘려서 몇 날을 취하여 설쳤습니다
술잔에 비치는 얼굴이 너무나 부끄러워 숨겨둔 순결처럼
맹렬한 적의를 품었습니다
그래도 취했을 때는 세상이 세상으로 보입니다

독감이 거의 나아간다 싶을 때에
다시 열이 올랐습니다
안경을 믿을 수 없는 내 전천후 결벽증 때문에
전속력으로 시세 폭락입니다
파산의 기미마저 보입니다

어쨌든 상책은 상책일 것 같아서
아예 눈을 감습니다

눈을 감고 보는 법을 배웁니다, 불법입니다만
공고될 때까지 기다릴 순 없습니다

1978년 4월 · 1

1

침묵에 길들여져 있어서 나는
안심했습니다.

노란 무우꽃을 문대는 나비 색깔 같기도 하고
이끼 낀 징검다리를 스며드는 습기 같기도 하고
간지르며 쌓이는 실빗소리 같기도 하고,

안전거리를 유지합니다

2

새삼스러운 영하의 꽃샘추위입니다.
새삼스럽지 않은 것이 새삼스러울 때는
웃는 것도 죄입니다.

이중섭

그는
헤벌쭉 웃고 있다.
—서귀포로 가봐요
딴따라패같이 허기진 게가
옆걸음질 치고 있다.
더 웃어봐요
한숨처럼 등이 굽은 누런 소의
듬직한 불알이
안심이나 한 듯 덜렁 웃고 있다.
더 웃어봐요
—제가 무얼 할 수 있겠어요?
눈물 그득한 배고픔을 툭툭 털어내며 말했다.
계면쩍게 감춘 양손에서
쬐끄만 아이들이 연신 빠져나와
온통 웃고 있다.
—저도 웃을 수밖에 없잖아요.
사는 게 죄송하다며 한 번 더
씨익 웃었다.

저녁 편지

여자야
여자야

펼 줄 모르는 내 얼굴이
소방서 부근의 그 술집에서, 그날도
마지막 손님이 되고부터는
히히히
웃기 시작했다, 웃기 시작했어
그 웃음과 웃음 사이로
주인 아줌니의 성화가 다시 따랐어
그 전날이랑 같은 거지, 같은 거야.

그날은 취한 몸짓으로 쓸쓸한 밤길을 걷다가
수신인이 적혀 있지 않은 몇 통의 낙엽 같은 편지를 생각해내곤
제기랄
또 웃어버렸지
내 헝크러진 머리칼도 조롱하며 같이 웃었어.

감기를 앓기 시작했다

원래 시원스레 웃고 난 다음에는
꼭 감기를 앓기로 했다.
이 땅에 살면 웃는 것도 죄,
이 땅에 살면 앓는 것도 죄,
이 땅에 살면 사는 것도 죄,
죄, 죄, 죄, 그 많은 죄들이
내 대신 웃기 시작했단 말이지, 그날 저녁엔
히히히.

不満의 時代

울지 말아야 한다
사랑할 수 없는 자들
모질게 견뎌온 이 땅에서
별수 없이 다가온 모든 실체를 위하여
안으로만
안으로만 죄어드는 자들
울지 말아야 한다
굳어져가는 얼굴을 향해
끝없는 아픔을 던져대면서,

우리가 슬프던 것들
다시 돌아보면
어둠을 날으는 한갓 티끌 같은 것들
물 위에 반짝이는 햇볕 같은 것들
바닥이 드러난 시간에 얼굴을 꼴아박고는
죽어가는 것들
머무르는 것들
돌아보지 말아야 한다
얼룩진 적삼을 걸치고

검붉게 취한

겨울 밤바다 게가 되어

히히히 웃는

伐木당한 솔바람이 되어

매서운 애동지 눈사람이 되어

厄투성이의 팔자라지만

가는 데까진 가봐야지

개가 되고 싶지 않은 개의

서러운 이빨로

울지 말아야 한다

울지 말아야 한다

죽지 않기 위하여

춥다,
곱은 손을 비비며 아침을 맞는다
성에 낀 유리창에 손톱으로
'나는 오늘 아침에도 숨을 쉰다'라고 쓴다

살기 위해서가 아니다, 다만
죽지 않기 위하여
몇 번 부대끼며 거리로 나서면
한 번 더 우스워지는 꿈.
생각할 줄 안다는 가장 빛나는 선물로
우리는 이만큼 슬펐잖은가

삶의 이유를 죽음에서만 찾아야 하는
우리들의
마른하늘을 위하여
마른기침과 변신을 필요로 하는
또 다른 나와 내일을 위하여
입김으로 곱은 손을 녹이며 쓴다
'살아야지 살아야지'

2부

———

금강에서   1993

쯧쯧, 숭악한 나에게 일삼아 혀를 차며 혼구멍 내주는 세상에게, 그 세상의 사람들에게 이 책을 드리고 싶다. 나는 그들의 혀 차는 소리에 잠을 깨었고 비몽사몽간 그나마 세상을 볼 수 있었다.

1993년 11월

질경이 1

이 땅에서 밟혀본 사람들은 알리라
꽉꽉 밟히고 또 밟혀
질경질경 밟혀
납작납작 엎드린 채
짓밟히며 키우는 것들을,
허리 굽혀 뿌리내리며
떼로 엉켜 크는 질경이들.

질경이 2
— 엎드려 절하며 쓰는 글

우리 나이로 여든
평생 농사만 지었다.
깎을 필요도 없는 손톱, 밑
세월의 때를 파내며
평생 농사꾼으로 살았다.
한 말 술 드날리던
면 단위의 씨름 장사도 물리고
상쇠잡이 애비가 우세스럽냐?
신명도 한 자락 접어두고
평생 농사만 지었다.
모질던 땅 욕심, 자식 욕심
엉거주춤 괴춤에 찔러두고,
땡감을 익히는 가을 안개
구장터 흥건히 곡소리 자자한데
"야들아, 일없다"
고샅길 따라 비틀대며
꽃상여 타고
나락밭에 가셨나?
우리 외할아버지
朴字 慶字 福字.

질경이 3
— 미쓰꼬 우리 이모

구식 농사꾼에게 시집간
구식 여자, 미쓰꼬 우리 이모
안팎이 나란히
차고 넘치는 인정 너남 읎어
줄 곳은 알아두 챙길 곳은 몰러
갈쿠리손으로 땅만 일구는
미쓰꼬 우리 이모.
소학교 때 부르던 이름 그대로
지긋지긋한 일복 그대로
목청이 좋아서 동네 카수
잔정이 많아서 동네 일꾼
생미나리 같은 자식들 앞세워
묘목밭에 가면
농협 이잣돈이 쑥쑥 자라야
접붙인 하늘도 쑥쑥 자라지
암것도 없구, 그래서
암것도 가릴 게 없는데
아직도 입을 가리고 웃는
구식 여인네, 미쓰꼬 우리 이모.

질경이 4
— 버버리 강 씨

사람들은 그를 더펄이라고 부른다.
이쁠 것도 고울 것도 없는
곰배팔이 마누라를 업고 춤추고
운동회에서 꼴찌를 한 둘째 아들도 업고 춤추고
눈길만 마주치면 정월 초하루
강청리 상일꾼, 버버리 강 씨를 보고
사람들은 더펄이라고 부른다.
절대 군말이 없는 버버리 강 씨의 춤은
서글플 정도로 정겨운 몸짓이지만
사람 좋은 강청리 상일꾼을 보고
사람들은 더펄이라고 부른다.

질경이 5
— 경운이 성님

지발 잘돼야 헐 틴디, 우리 경운이 성님, 무신 놈의 팔자가 그
런지 몰러. 첨부팀 천애 고아로 태어났는디, 큰아버지는 인민군
으로, 아버지는 국방군으로 소식이 없어서 우리집에서 살았는
디, 공부는 벨 취미두 읎구 그저 쌈판으로 댕기다가 주물공장으
루, 의정부 기지촌 웨이터로 떠돌다가, 평생 꿈인 농사꾼 되자고
다시 고향으루 내려와서는 땅 없는 농사꾼으로 아둥바둥 살다가
그예 빚잔치도 한번 허구 고향을 뜰까 말까 하다가는, 다시 단위
농협 트럭 운전사루, 품팔이꾼으루 몇 년을 버티더니, 그 무서운
피서객들도 잘 모르는 곳으루 들어가서는, 다시 땅강아지처럼
자갈산을 일궈서 사과 과수원을 만들었는디. 지발 잘돼야 헐 틴
디, 우리 경운이 성님. 술두 안 먹구 일삼아 하던 쌈두 안 허구 그
바쁜 틈틈이 자식 농사도 실해선 이제 옛말허구 살 중 알었는디,
아닌 모양여.

지랄헌다구, 글쎄 올핸 사과값이 똥값이랴. 품삯 빼구, 농약값
빼구, 또 당나구 귀 빼구 거시기 빼구 말짱 허당이랴. 썩을 것들,
독마다 그득히 사과술이 넘쳐나는데, 뭬가 나서 술에 손두 안 대
고선 애꿎은 담배만 축내는디, 나는, 고집스런 성님의 어깨 뒤에
서 사과술만 축내다가 코맹맹이 소리루, "성님, 잘될 테쥬?" 어쩌
구 흰수작을 부리는데, 경운이 성님, 멕칼 읎이 피식 웃더니, "잘

안 되면 오칙헌대니, 씨팔, 다 절단낼겨"

　성님 옆댕이에 앉아서 금강을 보니, 지랄헌다, 금강이 나보다
먼첨 뻘겋게 눈자위가 무르던걸……

질경이 6
── 조성일에게

서울도 막장이다, 라고
네가 말했다.
병반 후산부처럼 막막하게, 또는
막막한 후산부가 던져주는, 찬밥덩이를 먹고 사는
막장의 생쥐들처럼
숨 가쁘게, 허파에, 석탄가루를
쟁여넣으면서
밭은기침 소리로 사는
우리는……

서울은 막장이다, 라고
네가 말했다. 그러나
특별시의 화냥기는
석탄 산업 합리화 조치에도
폐광 신청을 하지 않을 것이다.

무너진 갱도 틈새로 자라는
특별시의 진폐증.

질경이 7
— 주말연속극

간판도 없는 동네 선술집의
소년 과부가 울고 있다.
주말연속극, 〈사랑을 위하여〉를 보면서
세상천지에 울어줄 사람 없는
소년 과부가 울고 있다.
순대, 오뎅, 김밥 들 다닥다닥 포개져 조는
일요일 저녁, 헛껍데기 같은 술꾼 하나 두고
퍼질러앉아, 튼 손으로 눈물 훔치며
소년 과부가 울고 있다.

주말연속극의 장난 같은 사랑을 위하여
월셋돈이 모자란 소년 과부가
진열장 옆에서 울고 있다.
울 줄 모르는 이주 단지의 꽉꽉한 집주인을 위해,
그 주인의 일수놀이를 위해

질경이 8
—— 내 친구 최월용

국민학교를 졸업하고, 친구인
정숙이네집 '동아상회'의 점원이 된 월용이
객지에서 전학 와서
촌놈 텃세에 울기도 하더니
나중에는 심천 수영장의 터줏대감으로
한철 가게를 내던 월용이.
텃세 부리던 친구들은 모두
철새처럼 떠도는데
이젠 심천공업사 주인으로
'경운기 부품 수리 일체' '철물 제작 전담'
하면서
아예, 고향에 둥지를 튼 텃새로 사는
내 친구 월용이.
그놈을 만나기 위해
도둑고양이처럼 스며드는, 떠돌이 친구를 위하여
그놈이 준비해놓은
국민학교 동창회 명단에 적혀 있는
'윤중호. 통 몰름'

질경이 9
— 전임 선산부 김 씨

세상의 석탄을 모두 캐내면
산 끝쪽에서는 빛이 터질까
6,000℃의 생탄 열량으로, 내 새끼들은
따순 세상을 살까
대답 없는 적막강산,
햇볕에 녹아버린
캠프 불빛 속의 30년, 지금
폐광된 광업소의 헐린 집터 자리에
푸른 채소를 가꾸는 선산부 김 씨의
밭은기침 소리에
태백산이 운다.
짓무른 눈가를 문지르며, 태백산의 들꽃이
울고 있다.

질경이 10
— 현리, 제2꽃마을에서

누가 이 세상을 버리라 하던가?

雲岳山을 넘지 못하는
거지 구름들이 모여 비를 내린다.
朝鍾川을 키우고
풀뿌릴 적시고, 들꽃을 키운다.
세상살이에 넌더리를 치는 사람들의
꿈은 무엇일까?
세상이 사람을 버리고, 버림받은 사람들이
세상을 적신다.

우리의 삶은 헛된 것이었을까?

한철이 아저씨

지가 한겨울에도 뻘겋게 언 잠지를 덜렁거리구 다닐 때에, 우리 동네 한철이 아저씨는 말유, 두 곱 품삯을 받는 상일꾼이었는디 땅 없는 농사꾼이라 좀 거시기 하지만서두 상여일 농삿일부터 시작혀서는 까치연 팽이 외발썰매 눈썰매 따발총…… 못 하는 게 없고 못 만드는 게 없어서 한철이 아저씨가 옆 동네로 마실을 가면, 신명이 안 나서 동네 개들도 꼬랑지를 늘이고 툇마루 밑에서 졸기 일쑤였다니께유, 글씨.

요즘 시상에 쌔고쌘 게 개똥이고, 쌔고쌘 게 놀량꾼이고, 쌔고쌘 게 거간꾼에 노름꾼이지면, 또 쌔고쌘 게 장사꾼이고 쌔고쌘 게 색주가에 들병이지면,

증말이지 귀허고 귀헌 게 상일꾼이라, 다래골 상일꾼은 마누라 도망간 뒤 정신병원에 가고, 통정골 상일꾼은 왈패 술꾼이 되고, 방가테 상일꾼은 농약을 먹고 죽더니, 뒷구리 상일꾼인 한철이 아저씨는, 그예 폐농을 하고 "여기서부터 차는 가지 않습니다" 성북역 전철 앞에서 우연찮게 만났는디, 서울판에서 기술 없는 노가다루 떠돈다는 거 아뉴?

그새에, 자식 못 낳는다구 소박맞은 고당게 여자랑 살면서 한 해도리루 알토란 겉은 사내만 셋씩 쑥쑥 뽑아냈다며 소처럼 웃는 한철이 아저씨.

떡 벌어진 어깨와 허드레 장승만 헌 키, 소두방 뚜껑 같은 손으루 무얼 못 하겠냐만 아깝잖유. 등짝이 벗겨지두룩 갈은 고래실 논이 그렇구, 당재 밭이 그렇구, 한철이 아저씨만 가면 성님 성님 허구 따라나오던 금강 물꾀기가 그렇구, 증말 속상헌 건 그 순헌 눈에 날이 섰더라니께유?

눈이 썸먹해져서 데면데면 서 있웅께, 워치게 먹구 사냐구, 되지못한 말로 등쳐먹고 산다니께, 알겠다구 알겠다구 고개를 주억거리더니, 담배 한참 피고는 빨리 가봐야 한다고 서둘러 계단을 오르더니 거시기한지 돌아보매, 손짓을 하매, 머뭇거리다가

"욕봐이!"

이 나이에 울 뻔했다니께?

양화대교를 지나면서

── 1993년 3월. 살아남은 자의 슬픔

두 정거장만 더 가면 되는데, 양화대교 중간에서 버스가 꼼짝도 하지 않는다. 사고가 난 것일까? 앉아 있는 사람들이 목을 길게 빼고 바라보다가 아예 눈을 감고 의자에 기댄다. 앉아 있는 사람들이나 서 있는 사람들이나, 아무것도 보이지 않는 것은 마찬가지지만, 나는 다리가 아프다.

두 정거장만 더 가면 되는데, 감이 좋은 운전기사도 아예 라디오의 〈여성싸롱〉에 귀 기울이는지 라디오를 크게 틀어놓고는 한갓지게 담배를 빼어 물었다. '사랑받는 아내'들의 편지글이 이어지고, 승객 몇몇은 라디오에 귀 기울이다가 같이 따라 웃고, 또 몇몇은 서울의 고질적인 교통난에 대해 간헐적으로 불만스럽게, 그러나 이골난 특별 시민답게 얼굴색이 바뀌지는 않았다. 나는 다리가 아프다.

"저희 회사가 개발한 스쿠알렌은 심해 상어의 간에서⋯⋯" 공항 입구에서 한차례 판을 벌였던 진통제가 주상품인 제약회사의 약장수가 다시 '여러분의 건강'을 느릿느릿 팔고 있다. 살기가 지루할 땐 '건강이 최고'라는 듯이 몇이 그가 나누어준 신청서를 무릎 위에 올려놓고 끄적이고 있다.

경찰의 호루라기 소리, 나는 다리가 아프다. 멀뚱멀뚱, 양화대교 밑으로 한강이 흘러가고, 멀뚱멀뚱, 한강을 바라보고 있다. 한강이 실어오는 것은 무엇일까? '프로야구 시범 경기 팡파르' 내 앞에 앉아 있는 젊은 여자가 한번 훑어본 스포츠신문을 다시 펴고서 세계의 패션 조류에 대해 심각한 관심을 보이고 있다.〈여성 싸롱〉이 끝나고 뉴스가 시작되자, 나이 먹은 운전기사는 이리저리 다이얼을 돌리더니, 꺼버렸다.

"돈이 한푼도 없어요" 아침에 돌짜리 아들놈을 들쳐업고 아내가 말했다. 나는 다리가 아프다. "마음대로 사랑하고 마음대로 떠나간……" 운전기사가 테이프를 틀었다. 성능 좋은 카세트테이프, 버스 안이 쿵쾅거렸다. 모두 좋아하는 노래인가? 아무도 말이 없다. 내 앞에 앉아 있는 젊은 여자가 스포츠신문을 접어놓고, 소설책을 읽고 있다. 눈을 찌푸리고 책의 제목을 본다. '살아남은 자의 슬픔' 나는 다리가 아프다.

슬금슬금 버스가 움직이기 시작했다. 멈추었다 가고, 가다가 다시 멈추었다. 양화대교 위에서 보면 찌푸린 당산철교 밑으로 공사가 한창이다. 여의도가 보이고 쌍둥이 빌딩이 보인다. 돌아보니 양화대교 끝쯤에서 휴지처럼 구겨진 승용차와 겉보기에 멀쩡한 대형 트럭이 서로 으르렁대듯 마주 보고 있다. 핏자국, 또 녹색 액체, 깨진 유리 조각들. 합정동을 지나, 홍대 입구에서 차가 멈추자,『살아남은 자의 슬픔』이 또박또박 내렸다. 약장수가 내렸다. 나도 내렸다. 하루가 무사하다.

해 지는 곳에서 새벽을 기다린다
— 다시 안면도에서

우리들의 꿈은 헛된 것이었을까?

세상 가득히 몰아치던 겨울비 잦아들고, 문득
눈시울 붉히는 섬의 끝
간석지에서, 죽은 목숨처럼 뿌리내리고 있는
산조풀들.

아! 헛된 것이었을까?

간기에 말라
빨갛게 타오르는 줄기를 곧추세우고
아직도, 간석지에서 흔들리는
우리들의 꿈.

해 지는 곳에서 새벽을 키운다.

梁山甫, 담양 소쇄원에서

— 이 나라는 큰 그릇을 또 하나 잃어버렸구나?

　　나라의 利보다는 私利에 눈이 어두운 사람들에게 스
승이 결국 화를 입게 되는구나. 스승이 없는 이 나라에
서 내가 무엇을 하겠단 말인가. 스승의 가는 길이 모두
옳을진대 앞서는 못 가더라도 뒤라도 따라가야 하지 않
겠는가. (스승 조광조의 죽음에……)

결린 옆구리를 틀어쥐고
산길로 산길로 접어드는 사람들
눈물 나는, 남도의 끝, 추운산 기슭에
어깨 추스려 굴을 파고, 무심한 세월아
계곡물에 얼굴을 비춘다.
대숲 바람은 푸르지만
가슴속의 독을 씻지 못한다.
기다림조차 없는 세월은 어떻던가?
맑고 찬 소쇄원의 바람에
장대 같은 장정들 꿈을 피웠지만
몇백 년이 지난 이 겨울, 양산보의 책을 묶으며, 가난한
15代 종손이 다시 묻는다.
기다림조차 없는 세월은 어떻던가?

겨울날

쉿? 소리 내지 말고 해야 한다. 눈 쌓인 뒤뜰
짐짓, 너그러운 주인처럼 뒷짐을 지고 어정거리다가
작대기로 괸 삼태기 밑에
나락을 한 움큼 뿌려놓고
사랑방에 웅크려 새끼줄만 잡아당기면
털썩,
약빠른 놈은 터지게 먹다 잡히고
어정한 놈은 두어 알 먹다 잡히고, 소용없어
잡히면, 히힛, 발로 지근지근 작신 밟아서
너희들은 모를 거다
지근지근 밟는 맛을
쇠고기하고도 안 바꾼다는 아흐, 참새고기 맛을……
악? 내 목에 새끼줄이……

쥐불놀이
── 1992. 12

쥐불을 놓았다.
어둠 속에서, 말없이 불씨를 옮기면서
사람들은, 서로의 얼굴을 바라보지 않았다.
허망한 풍문들이
재티를 날리며 타올랐고
매캐한 연기 속에서, 몇몇은
눈물을 훔쳤다.
빈 들판에 서리를 내리던 철새들
하나, 둘 떠나
바람처럼 번지던 들불도 꺼질 즈음
사람들도 하나, 둘 등을 보이며 떠났다.

불씨는 땅속에 뿌리내렸을까?

해창에서

눈 내려라
끊어질 듯 끊어질 듯, 해창 뱃길
눈 내려라
눈꽃 피어, 사방 천리 바다
찰랑찰랑 눈꽃 피어
새벽은 자꾸 떠내려가는데
독한 사랑도 눈 속에 묻혀
차가운 바닷바람만
우리들의 세상이 되는
해창 뱃길

노래 1
— 겨울날 아침에

노래는, 지친 사람들이 부르는
빛나는 아침인가?
아내는, 몸을 풀면서도
집세 걱정을 하였다.
거침없이 불어오는 겨울바람 속에서
피라미떼처럼
소리를 피해 흩어지는 나뭇잎들,
겨울나무는 찬바람 속에서
제 소릴 게워내며 살고……

노래 2

우리들의 노래는 별똥별이 되지 못한다.
가난한 봄노래는
감꽃을 세면서 흘러가고
면 단위 추석 콩쿠르 대회에서
일등상을 먹었던 구장터 이모부의
셋째 딸은 집을 나갔다.
아무 기별도 없다.

도리깨 타작을 하면
주녀리콩만 한 것들이, 소리도 없이
먼저 튀어오르는데
아무 기별도 없어서
우리들의 노래는 별똥별이 되지 못한다.

노래 3
── 고향에서

축 처진 무녀리만 남아서
추운 땅을 일구며 사는 곳,
막막한 그믐밤 산길처럼
태어난 땅에 살아도
읊조릴 소리도 없어
지게 작대기로 괴놀 세월도 없어
까뭇까뭇 사위어가는 짚불을 보며
부르는, 고향에서 부르는, 서러운 실향가.

노래 4

소리여, 너는 어디에 있느냐
세상의 칼날 끝으로, 절둑거리며
엇모리 장단으로 거슬러 오르느냐
구정물이 되어, 세상의 가장 더러운
구정물로 떠돌며
기다리는가?
제풀에 미친 세상의 끝에서
흘러가는가?
일어나라 일어나라 소리여
눈물만 한 사랑이 어디 있느냐
슬픔만 한 믿음이 어디 있느냐

노래 5

자네 보았나?
저렇게 여린 꽃대궁에
얼굴 부비며
강보다 더 빨리 궁구는
새벽 안개를,
들어보았나?
죽어서도, 아직
푸른 하늘을 그리워하는 사람들을 위하여
간절한 그리움으로, 그 안개에
얼굴 부비며, 떠다니는
5월.

대설 경보 1

설악산으로 달려가
산길로 갇히지 못한 40년생 소나무들이
배고픈 산짐승처럼
길을 막아서서 통곡하는, 겨울 저녁.

대설 경보 2

아하! 얼고 녹고 얼고 녹아서
침몰하는구나, 스스로
굴비처럼 엮여져 안심하던 배들도
이 겨울의 '출항금지'도.

대설 경보 3

사람들이 보이지 않았습니다.
설악산, 눈으로 겹담장을 두르고
발자국 하나 없는 산자락에
미친 듯 날뛰던 동해 바람에 얼어붙은
새벽이 대문을 두드리는데
아무도, 사람들이 보이지 않았습니다.

한강 1

차라리 둥둥둥 떠내려가다가
어디 더러운 뻘밭에나 묻힐 것을
뻘밭에 처박혀, 차라리
더럽게 추운 겨울이나 키울 것을
더럽게 서러운 사랑이나 품을 것을

지랄했다고
죄 많은 땅의
가랑이를 적시며 흐르는가.

한강 2

헝클어진 머리를 감으며
한강에 젖어들던 저녁
으로 내리는 겨울비
누구는 이 낯선 땅에 갇혀
으스러지게
겨울바람을 껴안는데
낄낄거리며 번들거리며
새벽을 다 쏟어낸 자리로
흘러드는 강.

한강 3
— 난지도에서

난 치듯 주렁주렁 가난만 치다가
쓰레기 같은 것들끼리 모여 살면서, 서울의 막장
쓰레기들이 버린 쓰레기를 일구어
한겨울 새파란 푸성귀를 키운다던가?
갈 곳 없는 한강의 철새들이
그 푸성귀밭에 모여
한강의 가슴밭을 일군다던가?
주렁주렁 가난밭을 일군다던가?

한강 4

밤늦도록 흐른다. 봄비에 젖어
번들대는 영등포의 네온사인도, 서로
속이며 속고, 뒷골목 누이의
야한 순정에 피는 음험한 뒷거래도
거친 욕설도
흐른다. 시궁창에 흐르는 유행가처럼, 그래도
살아보겠다고
웃음도 팔고, 눈물도 팔고, 몸도 팔고, 고향도 팔고
팔고 팔고 또 팔고, 밤새도록
한강은 흐른다
우리는 흐른다.

한강 5

아침저녁으로 너를 만난다
김포가도를 씽씽
달리는 척하다가, 아예
꿈쩍도 하지 않는 출근길
꾸벅꾸벅 졸면서
너를 만난다, 때로는
흑백사진처럼 역광으로 비치고, 때로는
행주대교 난간에 걸린
행주처럼 지저분한, 그러나, 너무도, 선정적인
저녁해를 품는, 그러나
독한 땅덩이로 흘러
독한 물고기도 등이 굽어 흐르는
한강
위로 등이 굽은 내가 병신처럼 사는 곳.

양수리에서 1

북한강 남한강이 살을 섞어도
티눈처럼 서글프게, 서로
등 돌리고 누워
풀섶이나 더듬는 모진 바람으로
끼룩끼룩, 철새 몇 마리 띄워 보내는
양수리에
늦장마 들어, 길이란 길은
다 쓸어내고, 그 자리에
다시 길을 내며
흘러드는 강.

양수리에서 2

겨울이 깊을수록, 잡풀들
뿌리, 더욱 깊숙이 내려
풀벌레 소리를 키우고 있는데
남한강 북한강, 눈치껏
서로 등을 밀고 흐르다가
퍼질러앉아, 펑펑 울면서,
그 타는 눈물로
한랭전선을 녹이는
양수리에서.

양수리에서 3

흐린 날엔
그곳에 가야 한다.
이 땅이 키우는 욕된 소문들이
마른 풀처럼 헝클어져
아우성치는, 그런
흐린 날엔,
그곳에 가야 한다.

河回에서 1

꼬리를 감춘 골목길 사이에서
꼬리를 사린 낡은 바람들만 스산한 곳
그러니 보아라,
대갓집 솟을대문 그림자 속에서
곁방살이를 하는 초가집들처럼
죽은 듯이, 턱 없는 이매탈을 쓰고서
턱없는 세상을 휘감아 도니
불쌍해라
퇴락한 빈집 마당에다, 바람 든
무말랭이나 고추를 말리면서
주전부리하듯 옛날만 곱씹으며
동네 늙은이들 민박집 옆 담장에 모여
일본 관광객이 보낸 연하장을 자랑하고
허물고 다시 지을수록
옛날의 먼지만 켜켜이 쌓이는데
물굽이쳐 돌아가면 무엇하리
河回여, 河回여
등 떠밀려 돌아가면 무엇하리.

河回에서 2

퇴락한 종갓집은
제 그림자 힘겨워, 지그시
살구꽃에 기대어 조는데
대처에 나갔던 일가 부스러기들
'문 열지 말 것' 팻말을 붙여놓고
더 넓게 더 높게 돈 칠을 한 집들
을씨년스럽기만 한데
가볼수록 마음이 급해져, 가다 말고
황급히 되돌아오고 싶은 곳, 그곳에는
몇백 년 이끼도 소도구가 되고
하회 류씨들도 소도구가 되어
'TV 드라마 촬영 중' 대문을 닫아걸고서
엑스트라로 살아가는 땅, 河回에서

이주 단지에서 1

늦장가를 들어서 신접살림을 차렸을 때 저는 괜히 골부리가
났습니다. 빤질빤질, 세탁기도 장롱도 뭐도, 모두 빤질대는 게 싫
었지만 정말 죄송한 건, 방이, 두 사람이 사는데 방이, 두 개나 된
다는 사실이었습니다. 그래서 국민적 차원에서 죄송했습니다.
선배 후배 친구들이 연락부절 자고 갔지만, 아직도 그 방엔 허섭
스레기 같은 책이나 아이들의 장난감들이 즈이들끼리 뒹굴거릴
뿐입니다. 두세 번의 물난리를 겪고, 세 번씩 이사를 다닌 이주 단
지에서 네 식구가 한 방에서 복닥거리며 살지만, 방 하나는 지금
도 그대로 비어 있습니다. 몇 년 새 낯가죽이 두터워졌는지 예전
처럼 마구 죄송하지 않은 게 이젠 죄송합니다. 빤질빤질하던 세
탁기가 덜컹대기 시작하고, 빤질거리던 장롱에 여기저기 금이
가듯 저도 조금씩 덜컹대고 금이 가는 것 같아서 죄송하고 두렵
습니다. 아직도 농협 융자나 곗돈 부을 게 많이 남았는데도 아내
는 자꾸 주택청약예금을 붓겠다고 난리입니다. 아무래도 저의
살림은 죄송하고 두렵고 빚투성이의 어쭙잖은 꼴이라, 이주 단
지에서 다시 이주 단지로만 옮겨다닙니다. 이주 단지에선 뿌리
를 내리지 않아도 아무도 욕하지 않습니다.

이주 단지에서 2

봄볕은 스스로 싹을 틔우는데, 우리 옆집
주인아줌마 쫓겨났다.
집도 있고, 자가용도 있고, 시계 불알처럼 성실한
옆집 주인아저씨,
공항에 근무하면서
비행기 뜰 때마다 기도를 한다는데
그 아줌니, 의부증 환자라고, 이주 단지에는
열 개도 넘는 교회에서 밤낮
찬송가 소리가 넘쳐나는데
전셋값은 오르고, 그래도
아직도 채 못 옮겨온 성령이 남았는지, 쫓겨난
그 아줌니, 이주 단지엔 보이지 않고, 쫓겨났다.
쫓겨났어, 성령의 불을 반짝이며
비행기는 잘도 뜨는데
기다리는 사람들은 모두 쫓겨나는 곳에서 껌먹껌먹
비행기는 잘도 뜨는데, 사람들은
비행기 그림자 밑에서
신춘맞이 이삿짐을 꾸리는데
내리는 비, 이주 단지에 내리는 비.

이주 단지에서 다시 이주 단지로

오른 전셋값을 감당 못 해, 이주 단지에서, 다시
이주 단지로 쫓겨가면서
어쭙잖은 살림살이를 챙기면서
백일이 막 지난 아들놈의
콧물을 훔치면서, 감기약을 챙기면서
그 전전날 돌아가신, 옆집, 원산 할아버지의
꿈에 본 내 고향의
가락을 챙기면서, 다시
이주 단지에서 이주 단지로,
아직 남은 농협 융잣돈에다 새로
꾼 돈을 합하여, 기약도 대책도 없이, 그저
불어나는 빚에 코가 쑥 빠져서
이삿짐을 챙기면서
엔간한 살림은 하나씩 버리면서, 그래도
살아야지 살아야지
전셋값 때문에 죽진 않으리라,
돈도 안 되는 책보따리를 나르면서
새 주인 여자와 어색한 인사를 하면서
칭얼대는 아들놈을 토닥이면서
이주 단지에서 다시 이주 단지로.

큰물 난 이주 단지에서

쥐새끼처럼 비에 젖어서
보잉747 이륙 불가능, 활주로 끝이 물바다
끝에 있는 이주 단지는 물난리
났네, 한 집이 가라앉으면
다세대가 가라앉고, 신난다
깨진 플라스틱 바가지가
덩실덩실 떠다니고
보잉747 착륙 불가능, 왔다가
멋대가리 없는
행주산성 뒤통수만 보고 간다네, 신난다
지하실은 대책이 없어
보잉747 이륙 불가능.

겨울비, 이주 단지에서

하이웨이 주유소를 지나서
공항 입구 육교 옆 골목으로 구부러지면
집장사들이 날림으로 지어놓은, 다세대주택 같은
셋집들이 모여서
이주 단지라고, 서울의 다른 곳에서
슬금슬금 밀려난 사람들이 떼거지로 몰려와서
이중 창문을 울리며 날아가는
비행기를 보며,
떠나는 사람들이야 늘 떠날 테지만, 정말이지
우리도 이제는 하늘이 되고 싶다고
겨울비 내린 그다음 날
흐린 하늘이나 말없이 올려다보는
이주 단지라고, 찬바람이 문을 두드리고 울어도
방문을 닫아걸고, 자물쇠를 여벌로
또 달아놓고 사는, 꼼지락꼼지락
언 땅에 뿌리내리려는 잡초처럼
악을 써대는
하수도와 상수도가 같이 얼어터진, 날림집의
뜨내기 삶들이 모여

손을 비비며, 그림자 앞세워 살아가는

이주 단지에 겨울비 내린, 그다음 다음 날.

통일 전망대에서

어두워라
두 겹 철조망에 갇혀 우는
땅의 허리로
사람들은 곗돈 부어 구경 오고
어찌하리, 겹겹이
가슴속에도 녹슨 철조망을 두르고
500원짜리 동전을 먹는
망원경 속에서만 숨 쉬는 땅.
길은 모두
3,000원짜리 즉석 사진 속에 갇혀 있고
갇혀 있는 길 끝의 12시 방향에
미·군·나·가·라
(안내원은 북괴군의 심리 전술이라고 했다)
갇혀 있는 길 끝의 6시 방향에
낙지, 너구리, 족제비, 오소리, 쥐새끼, 멧돼지……
즘생들은 모두 나가라, 그리하여
서럽도록 짠 땀방울로 허리를 녹여
경의선 철도를 다시 잇게 하라,
통일 전망대

(물은 바다로 열리지 못해, 바다를 건너갔다 온 소문은 탈출
기도죄로 구속 수감되었다.)

낙화암에서

꽃으로 쓰러지는 사람 보이지 않고
쓰러지며 꽃으로 피는 사람 보이지 않고
겨울바람만 빗방울이 섞여 치는
낙화암에서,
누구를 위하여
누구를 위하여
소리치며 서릿발로 일어서는 땅
을 적시며 흐르는가?
하얀 갈기 날리며 우는
백마강.

사표를 쓰면서 1
— 임진강에서

그날 보았습니다.

결국 강을 건너지 못한 새벽
맨종아리를 적신 채
낭패스러운 아침을 맞는데
이상도 하지?
한갓, 겨울비에 떠도는 뜬소문이 되기 위하여
사표 쓰는 날, 아침.

사표를 쓰면서 2

뜬금없이 허망스러워지는 세상살이에
어설픈 개칠을 하면서, 되지못하게
눈물과 허풍을 보태거나 추리면서, 너희들의
심심파적이고 교양적인 감동과 호기심과
같잖은 정보를 위장한
기획 특집을 짜맞추면서
한 달치 여물값을 챙기기 위하여, 자발적으로
사랑받는 여성을 위한
'책 속의 책' 속에 곁다리로 묻어 살면서
헐떡거리면서 살살거리면서 툴툴거리면서
잠 못 드는 밤
하얗게 늦서리 내리는, 고향집
마늘밭처럼 아리게
가슴을 훑고 지나가는 바람.

밀밭에서

밀밭에 가면, 휘파람 소리
종아리가 간지러워, 간지러워서, 후드득
날아오르던 종달새 소리에
얼굴이 까맣게 타서, 깔깔깔
헤프게 웃으며
손 비비며 밀서리하던, 그
머스마 지지배들, 이젠 모두
모진 세상의 티끌에
얼굴이 까맣게 타서
손 비비며
묵정밭처럼 막막한 세월만
야금야금 축낸다던데
글쎄 몰라
시리던 이 땅의 허리가 풀리면
이 겨울 어디쯤엔가, 새파랗게
고향이 돋아날지
밀밭이 돋아날지.

갈대 1
── 겨울, 금강에서

떨어지며 겨울비가 되는
수만 송이의 눈꽃들,
낭창낭창한 회초리가 되어
목덜미를 후려치는데
얼지도 못하는 겨울 강가에서
빈 껍데기로 흔들리는, 저녁

갈대 2
— 겨울, 금강에서

얼음장 같은 침묵 속에서, 꺾여
무릎 꿇을수록
아아! 이뻐라
더 깊이 박혀 할딱이는
뿌리, 우리들의 숨.

다시 망월동에서

풀잎들이 일제히 일어나
깃발처럼 펄럭이고 있다. 그대
비겁한 구경꾼은 돌아가라
꺼져라. 펄럭이는 망월동에서
쓰레기처럼 구겨져
무덤가의 풀을 씹으면
풀 비린내, 거역할 수 없는
비린내
붉은 피는 잡초를 키우고, 아직
살아남은 사람들의 가슴엔
피멍 자국.
지워질 수 없는 피멍 자국을 안고
퍼렇게 살아 뛰는 것이, 어디
풀잎뿐이랴!
풀잎처럼 흔들리며
모른다고 모른다고 도리질 쳐도
피멍 자국을 헤치며 나오는
우리들의 붉은 피
그 붉은 피의 비린내에

얼굴을 비빈다.

망월동에서

회자수°의 노래

돌아오리라, 그대들, 살아오리라

퍼렇게 출렁대는 아침 햇살로

오는 겨울의 얼음장 같은 습기로

피워 올리리라, 아! 아! 저렇게 지천에 깔린 풀꽃들

젖은 그리움에 흔들리며

돌아오리라, 그대들

돌아와 다시 죽으리라

죽어서 다시 또 오리라

뿌리 상한 갈대가

더 높이 더 멀리 날린

목메인 씨앗으로

오리라, 그대들 살아오리라.

◦ 회자수劊子囚: 사형을 집행하는 대가로 살아남았다는 조선시대의 사형수.

어떤 날에는
— 김동수·홍경자 두 분의 결혼식에 드림

오늘은 만나는 날

사우디의 모래바람 같은 사내와

낯선 거리를 헤매던 겨울 저녁 같은 여인네가

서로 덥혀주며 식혀주며

만나는 날, 이미

보리알 같은 사내 둘씩 낳아

소매춤 추스르며 키우고, 그 사이에

찌그락 짜그락

사니 못 사니

시고 떫어서 고운 정도 키우며

이마를 맞대고 살았지만, 오늘은

다시 만나는 날

세상의 모든 걱정거리와

세상의 모든 고달픔들이, 득실득실 모여

눈물이 힘이 되는 날

힘이 되어, 청정한 비가 되어

금강처럼 곱게 흘러가는 날, 신탄진부터

함께 손을 잡고 흘러가다가

모두 다 함께 바다가 되는 날.

야삼경에 만져보는 슬픈 빗장 이야기

산은 산이고

물은 물이다

고? 산은 산이 아닌 게 아니고, 물은 물이 아닌 게 아니다. 산은 산의 길이 있고 물은 물의 길이 있다.

산은 깊어질수록 가슴팍에 길을 감추고, 물은 깊어질수록 자꾸 큰길이 되어 하늘을 비추던가?

산이 없으면 물도 없나? 물의 길을 거슬러 올라가면, 길 없는 길, 산의 길과 만나던가? 몰라? 그러면 야삼경에 빗장을 만져보거라.

만져보거나 말거나, 대낮이든 야삼경이든, 빗장을 만지든 돈 궤짝을 만지든, 나는 야삼경에 만져볼 빗장도 남의 것 돈 궤짝도 남의 것이니 어찌할 도리는 없지만(야삼경에 야윈 아내의 몸을 만지니 서글프기만 한데⋯⋯)

꼭 만져봐야 알 놈은 막상 만져봐도 막막할 테고, 만져보지 않아도 알 놈은 구태여 야삼경에 빗장을 만져보려고 깨어나지 않아도 될 테지만, 야삼경에 빗장을 열고 거렁뱅이로 하산하란 소린가? 아니면 절집 재산 잘 간수하려고 야경 서란 얘긴가?

야삼경에 빗장을 잘 잠그든, 빗장을 열고 나가든

돈은 돈이고

사람은 사람이다

돈 아닌 것은 절대 사람이 아니다

사람 아닌 것은 절대 사람이 아니다

돈의 길만이 법률에 의해 보장받는 땅에서 사람의 길은 늘 구렁텅이로 뚫려 있다.

돈의 길은 깊어질수록 짐승을 품어 할퀸 자국을 남기고, 사람의 길은 깊어질수록 형량이 높아진다. 짐승들만이 고고하게 살 수 있는 짐승의 길은, 곧 돈의 길이지만, 돈의 길에서 살아남을 수 있는 것은 오직 하나 돈뿐이다. 타락할 수 있는 자유, 돈에 목 졸려 죽을 수 있는 자유.

양수만복洋水滿腹

왜수만복倭水滿腹

돈은 돈이고

사람은 사람이다.

죽음꽃 당신

얼굴 그득히
죽음꽃 성성이 피워
닥지닥지 늘어붙은 죽음꽃 자리에
초겨울 입김으로 죽음꽃 피워
세상을 온통 춥게 만들던 사람들도
그 죽음꽃으로 검붉게 죽어가리라
그대가 산
지관이 점지한 냉동혈에
춥게 누우리라. 죽음꽃 그대, 한줌
흙도 될 수 없을지니.

돼지감자꽃 부처님

아리고 쓰려라
어디 한갓진 울타리쯤이나 묻혀 있을
돼지감자 네댓 뿌리
산비탈 음지만 골라 피는
돼지감자꽃 부처님
탁발도 없이, 그저 빈 손바닥만 문지르면
부끄러워, 더러운 때만 벗기고
세상에 줄 건, 헌 부댓자루
맨몸뿐이라
날아가는 돌멩이가 되기도 하고, 때로는
옹이진 손으로 벼리는
조선 낫이 되기도 하지
갈아엎을 건 갈아엎고
타작할 건 매타작 흠씬 패
슬그머니 땅속에 알을 품지
죽어도 죽어도 극락 갈 마음 없어
퀘퀘한 산동네에 피어
불법 쓰레기장을
불법 꽃밭으로 꾸미시나
아리고 쓰려라
돼지감자꽃 부처님.

기러기
— 연변의 동족들에게

기러기는 어디로 날아가는가?
구절초 피는 가을 속으로,
더 추운 곳으로
고향처럼 낯선 고향을 지나, 차라리
더 낯선 곳으로
한 마리 두 마리 세 마리……
그림자 땅에 누이며, 추운 땅의
눈밭이 되기 위하여, 떨어져
땅속에 박히는 서릿발이 되기 위하여
한 마리 두 마리 세 마리……

기러기는 어디로 날아가는가?

태백산의 들꽃
── 사진장이 이돌필

(참 이상하지?
한겨울, 태백산 꼭대기에서, 설설 기며
옹색하게 살아남은 것들이
싹눈을 틔운 채 겨울을 맞데)

홀리듯 홀리듯 내리는 눈송이를 따라
태백의 들꽃을, 들꽃 같은 광부를, 탄가루 같은
산사람을 따라 마냥 흐르는 사내
6,000칼로리의 태백 생탄에 달구어지고
영하 20도의 겨울바람에 식혀지며
아래로 아래로 가난하게 흐르다가, 결국은
눈 속에 묻힌 풀뿌리가 되는 사내
그 사내가 데불고 다니는
태백산의 들꽃 내음.

하관
— 재야 소설가 강홍규 선생님께

한평생 동안 고리탑탑탑탑하게
뒷골목의 지린내에 익어 살던 사람,
지린내와 땀내와 눈물을 버무려서
희한하게 맛난 얘길 하던 사람,
아무리 급해도, 봄 햇살 따순 곳에선
한숨 늘어지게 자고
주인 없는 늦가을 귀뚜라미 노랫소리도
섣불리 넘겨보지 않던 사람,
세상 볼 것 더 없다고
맨입으로 하품하시며, 산보하듯
그렇게 진즉 가셨나?

석장승

차라리, 부여잡고 통곡할
설움이라도 있었더라면
저 환장할 노을 속으로
풍덩, 자맥질하며, 멱을 따
나뒹굴 텐데
무릎 꿇은 천년 동안
이끼만 키웠단 말인가?

이놈, 피지 마라 들꽃.

모란장에서

세상의 온갖 잡동사니들이
턱 하니 자리를 잡고 앉아서
티끌 같은 욕심을, 다시
티끌로 돌아가게 하는 그곳에서
시장기나 면하라고
식은 고구마 몇 개도, 의젓하니
얼굴을 내미는 그곳에서.

백담사

돌은 아무리 굴러도 잠을 깨지 못한다, 대신
설마설마, 겁먹고 누워 있던, 겨울
풀뿌리들만
구르는 돌에 밟혀
우우우우——, 겨울
찬바람으로 깨어나, 겨울
눈 덮인 산맥의 갈기를 휘날려
우우우우——달릴 텐데……

쉽게 술 취한 다음 날 새벽에

허리가 시리다.

— 잘못했어. 탄불을 갈고 자야 했던 건데. 어젠 너무 헬렐레 취
했어.

겨울바람에 덜컹대는 창문을 보며
나는, 아직, 살아 있다. 욕되게
냉수를 마시며, 콩콩콩
시린 허리를 주무르며

— 요 밑으로 손을 넣어본다. 손바닥에 섬뜩한 냉기가 다시 찌
르르 허리를 찌른다. 요즘 위풍이 세어졌어. 실직한 친구가 비닐
로 창문을 원천 봉쇄하자고 했지만, 그만두어야지. 아차 하면 연
탄가스에 골로 간다.

팀스피리트 훈련 (에) 공권력 강력 대처
정주영 씨 북한 입국 (으로) 남북 총리급 회담
현대 노조 피습 (한) 풍한금속은 바람만 썰렁
며칠 지난 신문을 뒤적이는

손바닥으로, 찌르르 냉기가
허리를 찌른다.

척추 디스크에는 소주도 약이라더니
한잔의 맑은 소주에 쉽게 취한 날 새벽
냉수를 마시며 시린 허리를 주무른다.
(살고 싶단 얘기지? 주제에……)

구장터 외할아버지

갈재 가는 길 모퉁이에 있는
외갓집 고추밭에는, 삐뚜름히
고추 받침대만 남아서, 차박차박
겨울비에 젖어갑니다.

자식들이 모두 떠난
툇마루에 앉아서, 시름없이
외할아버지가 피우시는 담배 연기도
겨울비에 몰려, 이리저리
속절없이 흩어지고,
팔십 평생 땅만 파며 살아오신
외할아버지의 야윈 어깨가
삐뚜름한 고추 받침대로
맨겨울을 납니다.
고춧값이 똥값이라
외할아버지의 팔십 평생이, 차박차박
겨울비에 젖어갑니다.

차력사 김 씨의 썩은 이빨

구경꾼이 모두 돌아가고
맥주병을 날리던 바른손 뚝살이 심심해지면
차력사 김 씨의 썩은 이빨이
찬물 한 모금에 시큰거린다
시큰거린다네
아주 공갈 염소똥을 챙기면서
떼어놨던 쓸개를 챙기면서
시큰거린다네
비리고 아린 세월만 자르다가
기갈 안 나는 뜬소문만 자르다가
마흔이 넘도록 여자 하나 못 물고
질긴 가난도 못 잘라냈네
한창때는 택시도 물어 끌고
만만한 철사도 자르던 이빨이
시큰거린다네, 찬물 한 모금에
썩은 이빨이 시리다네
하루 세끼가 시리다네
차력사 김 씨의 뿌리가 시리다네

3부

———

靑山을 부른다 1998

제가 태어난 고향은 뒤로 靑山을 두르고 앞으로는 백화산에서 비롯되는 송천강과 장수에서 비롯되는 양강이 만나 비로소 금강이 되는, 맑은 강을 품은 곳이어서, 때로는 靑山이 기르는 뭇짐승들이 강물에 목을 축이기도 하고 靑山을 비추며 한갓지게 흐르던 강물이 때로는 靑山을 뻘겋게 할퀴며 요동치기도 하였습니다.

　그곳에서 靑山이 키우던 뭇짐승의 하나로 자랐던 나는 내가 살던 靑山이나 금강에 대한 고마움도 모르고 뿔난 송아지처럼 나부대면서 '싸전 병아리처럼' 바쁘게만 떠돌다가 겨우 몇 해 전에 우연찮게도 청산에 대해서, 청산이 키우는 강이나 뭇 생명의 소중함에 대해서 다시 만나게 되었습니다.

　소나무는 소나무대로, 또 참나무 오리나무 싸리나무 사철나무 진달래 고사리 옻나무 산철쭉 하다못해 음지에서만 자라는 버섯까지 그리고 멧돼지 노루 살쾡이 고라니 산토끼 다람쥐 매꿩 멧비둘기 참새 하다못해 들쥐 새끼나 개똥까지, 제 본디 모습대로 제 깜냥껏 자라면서 靑山을 이루고, 또 靑山이 그것들을 감싸 안아서 제 본래 모습대로 키우는 그런 세상이 우리가 살아가야 할 우리가 만들어가야 할 그런 세상이 아니겠냐는 주제넘은 생각도 해보았습니다.

1997년 2월

I

靑山을 부른다 1

뿔뿔이 달빛 흩어져
모든 것 가뭇 자취 없다, 밤
청산에 들어 청산을 찾다 길 잃고
지친 돌멩이 되어
가파른 산비탈에 눕다.

靑山은 어디에 있는가?

함부로 부는 바람에
나뭇잎 깨어나는 소리, 저 높은 곳
두런대는 산들의 소리 들리는데…….

靑山을 부른다 2

슬그머니 저잣거리에 내려와
서러운 곱사등, 조막손으로 눈을 가리고, 훔치듯 해바라기하며
차부 한켠에서 눈곱을 떼고 있어도
靑山은 靑山이다. 추운 세상 고개 돌리다가 언뜻 보았던
아! 그때 그 사람이었을까?
스스로 세상의 넝마가 되어
무료급식소 식판 그득히
따순 온기를 담던 사람, 세상의 쓰레기가 되어, 저물녘에
어둑어둑, 다리 절면서 스스로
깜깜한 밤이 되던 사람
다시, 靑山을 부른다.
싱싱한 바람 소리에 귀 기울이는
저 마른 잡풀들이, 그리움에 떨며 허리 꺾어 키우는
새봄의 뿌리.

靑山을 부른다 3

靑山이 숲을 이룬 곳에는
뭇 생명이 자란다. 숨을 헐떡이며
개울이 자라고 나무가 자라고, 하찮은 풀잎이나 못 쓰는 돌멩이
도 자라서
계곡을 심고, 그곳에 뭇짐승을 키운다.
오지랖도 넓지, 靑山은. 온갖 수모를
대번에 끌어안고 뒹굴어, 쉿―
아주 낮은 숨, 하나를 키운다.

靑山을 부른다 4

靑山, 너머에 또 靑山, 너머 그 너머에
무엇이 있을까?
살랑대는 바람도 푸르게 자라서 길이 되는 곳
나무등걸, 칡넝쿨, 솟을바위, 세상이 버린 멍든 가슴들이
막아선 길 끝
사람이 만든 길 끝에 서서, 울먹이며
靑山을 부른다.

靑山을 부른다 5

악!
이제까지 밟아왔던 길들이
모두 靑山이었다니…….

靑山을 부른다 6

길이 보이지 않는다
달빛에 홀려 찾아 나선 길,
숨겨진 길, 비전秘傳의 길
靑山으로 가는 길이 있단 말인가?
사람의 길, 물의 길, 달빛의 길, 저잣거리의 길,
그 길을 헤매며 길을 찾는다.
길은 보이지 않는데 나뭇잎 촘촘히 막아서고
날더러, 이쯤 해서, 쓰러지는 나무등걸 되어
허망한 세상을 버리란 말인가?

靑山을 부른다 7

줄렁줄렁 꼬리를 물고, 곳곳에다
한숨을 토해놓던 저 산들은 모두
눈부신 빛덩이로 가는 길?

靑山, 길을 버리고
눈을 감는다.

靑山을 부른다 8

靑山에 갇혀서 靑山을 찾는다
그곳, 길 잃은 곳에서부터
길을 놓아버리고
우두커니 산 아래 산을 바라본다
부지런히 산을 오르다 잠시 멈추는 산들
신기하다, 저렇게 많은 산들이
슬슬 산을 오르다가, 일제히
구름에 가린 靑山을 일으켜 세우다니
나는 靑山에 갇혔다. 나를 비탈에 누이고
터덜터덜 돌아선다.
'도대체 길이 없어⋯⋯.'
길을 버리고 낭떠러지를 찾는다.

靑山을 부른다 9

사람이 그리워 靑山을 오른다
골골, 메아리처럼 스러질
靑山이 기르는 소리가 되기 위하여…….

靑山을 부른다 10

물끄러미 세상을 바라본다.
지아비의 애틋한 인연도 때로는
겨울 나뭇잎처럼 털고 싶은 것
산이 나뭇잎을 지우고
겨울바람에 몸뚱이를 내맡기듯
벗어버린 세상의 질긴 모습들이 슬프다.
산을 비추며 흐르는
겨울강을 본다. 강에 새겨진 산을 보고
눈 들어 다시 세상을 바라본다.
靑山은 아름다운가?

靑山을 부른다 11

들었는가?
겨울 산에 기대어 귀 기울이면
산의 둥치, 거기쯤에서 움터오는
소리, 산속을 흐르며 왼갖 생명을 뎁히며
슬슬, 불 지피는 소리.

앗! 靑山인가?

靑山을 부른다 12

차박차박, 단비 온 세상을 적셔도
마음밭은 자갈밭, 자갈만 키우고
靑山은 구름 두르고 하늘만 키운다

강물이 흘러도 그릇만큼만 목 축일 뿐
그저 지나는 세월에 마음 벼릴 뿐
그저 靑山은 靑山이라 푸를 뿐.

靑山을 부른다 13

靑山이 울고 있다. 하루 점두룩
모진 인연의 뿌리를 손에 들고
靑山이 울고 있다.
靑山의 울음소리가 구름을 부르고, 장대비가 되어
성난 계곡물 山허리를 허물고
아름드리 나무들 뿌리째 뽑힌 그곳에서
가슴을 치면서 靑山이 울고 있다.
뜬구름이라고, 세상을 버린 적 없는데
버려진 세상이 靑山을 부르고, 울먹이며
부르는 소리에
靑山이 울고 있다.

靑山을 부른다 14

사람들은 뿔뿔이 흩어졌다.
세상을 단숨에 격파하고 싶던 사람들도
입으로 밭을 갈고 싶던 사람들도
靑山의 품에서 靑山을 기리던 사람들도,
靑山에게 주먹질하여 靑山을 팔고
靑山을 가리고 靑山이라 스스로 부르고
靑山을 밟아서 더 우뚝한 靑山이라 하고,

그러나 비는 온 누리에 뿌린다.
靑山은
비탈에서도, 반듯하게 하늘로 나무를 키우고
숲을 길러 스스로 푸르다.

靑山을 부른다 15

참 소름 끼치게 외로웠겠구나
덧정 없는 세상의 옷을 벗어버리고, 돌아와
낯선 골방에 앉을 때마다……
30촉짜리 백열등에 흔들리는
저 그림자가
靑山이었던가?

靑山을 부른다 16

뎅그렁, 절집 종소리 그치고
흰 새 한 마리 저녁山으로 날아가자
靑山은 문득 적막하다.
갈잎 말리는 초가을 바람에
세상 소문은 흉흉한데, 그리워라
가을숲 깊어져
수척한 바람에 靑山이 뒤척인다.

靑山을 부른다 17

— (하늘의 작은 떨림이 거친 숨이 되고, 거친 숨이 자라서 한 소리
　가 되고 소리가 자라서 온갖 것을 길러 수없이 많은 靑山이 되었
　나니……)

모질고 모질어라, 구천 년 동안

무엇을 기다려 왔단 말인가?

그러고도 모자라, 스스로 靑山이 되어서

또, 숲을 키워야 한단 말인가?

씨앗이 곧 열매이니, 거두어 다시 뿌려지면

족할 것을, 그 자갈밭의 개똥이면 족할 것을…….

靑山을 부른다 18

─나는 거두려고 온 사람이 아니다. 나는 그저 비 뿌리듯 법을 펼치
  려고 온 사람이다. 내 뒤에 거두는 사람이 올 것이다.

아니다. 그렇지 않다.
뿌리는 것이 곧 거두는 것이다.
비 뿌리듯 세상에 뿌려진 법이 싹을 틔우면, 그것이
모두 함께 거두는 것이다.

靑山을 닮아 靑山이 되지 말라 한다.
자신의 본디 모습 그대로
잡풀이 되고, 강이 되고, 곡식이 되고, 나무가 되고, 먼지가 되
고, 티끌이 되어
산그늘같이 자라면
그것이 모두 靑山이라고
靑山이 그늘 가득한 눈으로 말했다.

靑山을 부른다 19

靑山, 들꽃에 맺힌 아침 이슬방울이
풀뿌리를 적시고 흘러서 바다가 된다.
세상의 온갖 더러운 소문들이
산바람에 귀를 말리다가, 드디어 산바람이 되어
들꽃 향기를 사방에 뿌린다.
아름답지 않은가?

靑山을 부른다 20

지굴재굴, 계곡물 노래하며 산자락 적시는 것은
넘실대는 靑山의 푸른 이파리가 그립기 때문이다.
새벽마다 안개 산마을로 피어나는 것은
낮은 사람들의 아침이 그립기 때문이다.
靑山이 밤마다 강만큼 낮아지는 것은
스스로 푸른 세상의 숨결이 그립기 때문이다.

II

겨울강을 보며

그러니 아름답지 않던가?
이른 새벽 겨울강을 불러오던 눈발은
한겨울, 얼음장 밑에서도 자라는
소리들에 뒤섞여
살얼음판 같은 세상의 등허리를
돌돌돌 두드리며 구르다가
서로의 찬 볼을 부비며
끝내는 아주 큰 너울이 되리니.

茶毘

겨우 버린 세상에 너희들이 남아서
마지막, 누더기 빈 걸망을
한 번 더 뒤지는구나

타올라 꽃이 되는 것조차 부질없거늘, 쯧쯧.

立冬

초겨울, 파란 하늘에
절집 종소리 영글어 터지듯
주먹 쥔 헛맹세 싸락눈 내리네.

고향

마른 풀 수북이 우거진 뒤꼍에
가을 달빛 녹아드는데
기러기 울음소리 찬 서리로 피는 밤
그리운 사람들은 모두
저잣거리에 취하여 뒹구는데…….

가을, 금강에서

　사람들이 모두 떠난 마을로 슬금슬금 마실 오듯 강물을 따라서 새벽이 움터오고 있습니다. 볼을 부비던 바람나무가 물끄러미 제 그림자를 바라보며 천 년 동안이나 물결에 쓸린 조약돌의 결을 셉니다. 지난 어둠과 함께 서러운 약속들, 가난한 사랑 노래, 그리운 사람들의 정다운 숨결, 가슴 저리던 맹세 모두 떠나고 그 자리로 가을비 내려 둥글게 둥글게 강을 얼싸안고 흐릅니다.

밤길 1

그리워, 어두운 골목에서 서성대던 날
깜깜한 밤길을 더듬어가면서
허방 짚어 넘어질 때, 그때는
멀리서 웅크리고 있는 초저녁 달빛도 그리웠네.
숨죽인 채, 가난한 집 무너진 담장 너머로 들리는
짙은 탄식 소리, 응얼응얼 아이 칭얼대는 소리
술꾼들의 목 쉰 유행가 가락
모두가 우리의 힘이었어.
우리들의 꿈은, 춥게 떨며
서성대는 이야기를 남기는 것일 뿐
그러나 누가 아랴
누군가 그 밤길에서 아직도 서성대는
옹색한 사랑의 그림자와 뒹굴며
눈 시린 빛을 틔울지,
그러니 누군들 우리의 초라한 꿈이
마냥 헛되었다 얘기하랴.

밤길 2
— 겨울 금강에서

지천에 깔렸던 구절초 향기 겨울 속으루 모다 날려가고, 야윈 갈대만 한겨울에두 서걱서걱 꼿꼿이 서서 푸른 달빛을 허정크리다가 쌓인 눈과 한 무리가 되어 고스란히 반짝입니다.

깜깜한 원둑길에서 보면 세상으루 가는 길 모두 지워지구 저 멀리 산기슭에 반짝이는 불빛 아득혀 눈 시리지만, 얼음장 밑으루 졸졸졸 세상은 흘러 찬바람에 떠도는 옛사랑의 흔적들도 더러 지워지구, 더러는 앙금으로 남아선 똘똘똘 굴러갑니다.

아릿한 옛사랑의 흔적 때문에, 누구는 머뭇거리구 누구는 아득한 밤길을 되짚어가구 또 누구는 돌아서서 울고 있나니, 겨울 금강을 거슬러 오르는 찬바람에 눈물을 말리며 떠나간 기러기의 찬 그림자두 이젠 보이지 않습니다.

기적을 울리며 구탄九灘 모퉁이를 돌아와 열두 공굴을 울리며 달리는 밤 기차 소리를 일제히 멈춰 넘일처럼 귀경하는 금강이 푸릇푸릇 피워내는 밤눈꽃, 아직 갈 길이 아득합니다.

밤길 3

그때 왜 그렇게 서둘러 내쳤을까?
보내거나 기다리지 않아도
저만큼 제자리에서
아린 가슴에 솟는 서릿발이 되든지
일없이 무화과로 피든지, 눈물이 되든지
그렇게 질긴 그리움으로 남을걸⋯⋯.
달무리 진 빈 들녘에 서서, 더듬더듬
마을로 가는 길을 가늠한다.
아직도 깨어진 꿈을 추스를
질긴 사랑의 설렘이 있느냐 물으면
저 산마루 너머 몇 개의 불빛이, 춥게
깜빡거린다.

밤길 4

아하! 어둠 속에서 산이 자라는구나
강 노을도 마을 불빛도 웅얼대는 산바람 소리도
모두 잠든 밤에, 감쪽같이
산이 자라는구나.
새벽녘이면 길어지는 그림자처럼
뉘엿뉘엿 지는 저 달그림자처럼
절망 속에서만 사랑이 자라는구나.

가을
―― 빈 들에 혼자 서서

불붙은 꼬랑지를 어쩌지 못하고, 쪼르르
이 산 저 산, 쑤석쑤석
불나게 달리던 날다람쥐 땜에
그예 단풍 들었네!

어쩔꺼나, 빈 들머리 찬바람 적막한데
어쩔꺼나, 벌써, 시린 눈꽃을 인 우리 엄니는…….

부고
— 달골 가는 날

한겨울, 들여논 화분에 새잎 돋아
부질없는 헛된 꿈에, 어지럼증
앓던 날
식은 재처럼 사윈 두 노인네
서로 등 긁어주고 살다가, 나란히
세상 놓아버리구선, 달골에
새벽달처럼 희미한 부고 한 장
상주도 없이
달랑, 삭풍에 매달려 떠는
쓸쓸한 겨울 해걸음.

당골리에서
— 화전마을 김 노인

매캐한 연기에 휩싸인 칠십 평생이
화롯불을 뒤적이면 재 속에서 빨갛게
알불로 남아 있다.
재티처럼 객지로 날아간 사람들
당골리를 잊었는지
당최 기별도 읍시, 통지도 읍시
산갈대 이엉 서석이는 겨울바람에
매운 눈을 부비는 김 노인의
처마 밑엔
땅땅한 옥시기 그득그득 열려
당골리 한겨울이 정정하다.

민주지산 가는 길

잠시 눈 내리다 그친 날, 이미
얼어붙은 조팝나무들, 머리 흔들며, 겨울 안개
자욱하게, 꽃피우던 날
지나온 길도 아득한데
한 가닥 겨울 햇볕
골골, 깊은 그림자 속으로 지친 다리 끌며
민주지산 가는 길.

지리산 1

산 가슴팍에 스며들어
山竹을 스치는 바람이 되거나
집도 절도 없이 구름으로 떠돌아도
길을 찾는 사람들은 아름답다
언제부턴가 스스로
추운 산으로 걸어가
그예 산이 된 사람들이
산 자락자락으로 곧추서
얼싸안고 큰길이 되는 산.

지리산 2

세상이 숨겨논 길이란 길은 모다
배고픈 짐승처럼 헤매다가, 이제는
지리산 야윈 햇살을 키우는
늙은 에미가 되어
길 잃은 아이들의 울음소리까지
쭈그렁 젖을 물리며 끌어안는
活法 수자님,
저잣거리에 보태줄 것은, 그저
五栗里의 밤꽃 향기뿐?

겨울날
── 임근상에게

살가운 눈웃음, 곡식 한 톨 거둔 바 없는데

하늘이 온통 기러기 밭이구나

── 흑흑

다시, 淸沙浦에서

어두운 대낮, 구름 속에서
낮달, 뿌옇게 빛나는 겨울
낡은 방파제 위로
검은 바다 사납게 밀려와
뱃길 사람길 흔적 없는데
횟집, 무너진 담장에 기대어 떨면서
춥다. 참 춥다 새파랗게 얼어, 그예 못 참고
울컥, 꽃망울 터치는 동백

질경이 11
— 월롱건널목 안내원 박금환 씨

삐뚜름히 내리는 가을비 속으로, 하냥 젖어들며
풀벌레처럼 생생한 경의선
30년 무사고 경력의 안전을 위하여
무사한 하루가 고마운 9급 공무원 박금환 씨
'가지 마시오' 조심조심 정년퇴직을 눈앞에 둔
조심조심, 게걸음으로 비켜온 세월이 억울하다

하루건너 하루씩, 막차로 보낸 가난이
우렁우렁 갱목을 울리며 달려오는
새벽엔, 희끗희끗한 지난 세월이
낡은 깃발처럼 흔들리는
월롱건널목 안내원 박금환 씨.

질경이 12
— 이주 단지의 그 여자

워치케 살라나, 그 여자, 파주댁이라던가 하던 그 여자
우리가 살던 지하 셋방으루 이사 왔던 그 여자
우멍하게 생겼지만 그악스럽기 그지없어, 순덩이 겉은 노가대 십장 서방을 쥐 잡듯이 단도리허구, 하루도리루 집집마다 쌈을 걸어서는 이웃사촌, 자식 친구 다 떨쳐내구두 모자라서 아주 척지구 살더니……
오종종하게 생겼어두 손은 커서, 밖에 내다논 넘집 고추장 단지, 알타리무 단지, 갓김치 단지, 죄다 가져다가 다 퍼먹고는 모르쇠 하며 입맛 다시구, 길거리에 널린 동네 애들 장난감, 야구공, 야구장갑, 축구공 할 것 없이 모두 줏어다가 이름 빡빡 지우구는 자기 새끼 이름 새루 쓰게 해서는 놀다가 주인이 찾으면 댑대 고래고래 먼첨 날뛰던 그 여자
속정은 느려도 잇속은 빨라서 우리헌티 그냥 넘겨받았던 보조키, TV 안테나, 방범창문 심지어 원래 달렸던 샤워꼭지까지 셈해 먹고는 쫓겨나다시피 외발산동 워디루다 떠났다는 그 여자
그 여자 얘기에 흥분하는 동네 아줌니들의 얼굴을 보는 것두 답답한 노릇이지만, 정말 답답한 건, 이제 이 이주 단지를 떠나 어디서 워치케 살라나 그 여자, 아는 인사는 모두 알껴 그 여자, 막가는 그 여자의 이주 단지 사랑법을…….

질경이 13
― 함평의 구식 장돌뱅이 장 씨

진작, 메밀꽃은 졌는데, 아직도
집도 절도 무덤도 없이, 속절없이
밤길에서 살다가, 그믐날, 노루목 모퉁이 어름에서
쓸쓸히 세상을 건너다가
세상, 세간살이 모두 떨구고
건주정하듯, 초겨울 비로 잠시 떠돌다가
마지막, 이젠
험한 세상의 꿈으로 살다가
살다가, 글쎄…….

III

봄

함부로 핀 자운영꽃 속으로, 순식간에
들판이 사라졌다.
헛된 희망에 취했던 하루가
묵정밭 위에서 운다.
검불 같은 사람들만 남아
뒷짐 지고, 동구 밖으로 밀려난 산을
바라본다.

한강에서

허랑한 불빛으로 목을 축이며
사막처럼, 사막의 모래바람처럼 흐르는 강
여전히 굼실대는 건 그리움뿐인가?
철새들, 남루한 갈대 그림자 속에서
먹을 감으며
떠날 길을 더듬는데
언제까지나 언제까지나
돌아갈 곳 없는 사람들이, 앙상하게
채집당한 곤충처럼, 일렬종대로
복창 소리 양호하게 흐르는 강.

忌日

배꽃이 펴서
세상이 하얗다.

세상 것은 고스란히 이 세상에 두고
할머니, 기어이 시린 산비탈이 되시던 날.

운주사 1

버려진 돌들이 모여
천불천탑을 이루는 그곳에서는
귀 어두운 노스님 와불처럼 누워
이 뭐꼬, 이 뭐꼬, 귀 기울이다가
그만 세상을 놓고, 한 줌
풍경 소리가 됐다던가?

운주사 2

가난한 늦가을 햇살, 곰살스럽게
야윈 산을 핥다가
수북하게 일어서, 풀씨 터뜨리는 날
누더기 자루 몸은, 한갓지게, 천불산 기슭에
슬그머니 던져놓고
덧정 없는 세상으로 돌아오는 길.

운주사 3

들어가는 길이 아름다웠습니다.
세상사 부지런히 쫓아다니다가
땀내 나는 옷가지는 길 밖에 벗어두고
그저 어정스런 신작로가 되어, 뭉싯뭉싯
천불산千佛山 모퉁이를 돌아가면
운주사, 슬쩍 몸을 비틀어
천불천탑을 외면하며, 날더러
돌멩이 위에 몸을 포개라며
입을 가리고 웃었습니다.

아파트, 백마역 앞에서

불을 끄고 누워도
씽씽 달린다, 백마역 철도를 울리며
경의선 열차가, 질주하는 차들이, 지친 서울의 하루가
가끔씩, **멈춤**을 보지 못하고
끼―익, 뒹군다.
모든 게 조용해질 때 슬그머니 내려다보면
불 꺼진 백마역 어둠 속으로
쏟아지는 비,
문산으로 떠난 막차가 궁금하다.

용뎅이골 상여집

첩첩 산동네라서
산지사방 산길입니다.
마루마루 산동네라서
들꽃마루에 호롱불이 곱게 핍니다.
굽이굽이 산동네라서
굽이굽이, 그리운 눈물이 맑게 흐릅니다.
골골 산동네라서
가슴에 산을 묻은 사람들이 모여 살다가
멀쩡하게, 깊은 산자락 작은 산이 됩니다.

평화의 마을°에서

함부로 흐르는 물에 쓸린 돌만이
고운 결을 만든다.
서러운 눈물로 밤을 지새워
가슴속에 외로운 얼룩을 새긴 아이들이
마른 가슴을 적셔 하늘을 섬긴다.
세상 모든 것들이 너희들을 험하게 내치고 그래서
너희들만이 세상의 험한 숨결을 고를 수 있으니.

° 대전에 있는 보육원

시래기

곰삭은 흙벽에 매달려

찬바람에 물기 죄다 지우고

배배 말라가면서

그저, 한겨울 따뜻한 죽 한 그릇 될 수 있다면…….

一山에서

── 구봉 송익필

글 한 줄 말 한 마디 허투루 남기지 않고
그저 너희들의 세상에 간간이 얼굴만 비추었다는 사람
모진 천민의 세월을 지팡이 삼아
구봉산 바람에 건듯 귀 기울였다는 사람
이곳, 일산에 고단한 꿈을 누인 뒤로
새벽강을 서성대는 그를 가끔 만난다
낮지만 멀리 보이는 이곳, 일산에 누운
구봉 송익필

겨울, 백마역에서

새벽마다, 빈 들 그득히
찬 서리를 불러놓고는, 쿨렁쿨렁, 참 어리숙하게
문산에서 잽히는 경의선 열차
지천에 깔린 겨울바람들이, 무작정
서릿발로 솟아오르네.

가을, 山寺에서

참 아득한 세상 속으로
가난한 이슬방울처럼
하얀 풀꽃들이 피어납니다.

임진강

황사 어둑한 들길을

물보라도 피지 않고

붉게 잦아드는 강

건널 수 없는 강이 있던가?

적셔도 적셔도 목마른 산들이, 졸라니

무릎걸음으로 다가와

각자 고개 숙이구선, 서로 데면데면하게

멀뚱하니 바라보다가, 오밤중이면

슬금슬금 기어들어 와, 얼싸안고 펑펑 울다가

감쪽같이 바다가 되는 강.

겨울날

낭창낭창한 밑동부터 잘리어, 같잖은
한 묶음으로
사립문을 열고, 새벽을 쓰는
몽당빗자루

겨울, 싸리나무처럼 살고 싶다.

다시, 안면도에서 1
── 누동학원

풍금 소리에 맞춰 종달새로 날아
풋보리를 익히던
아이들의 노랫소리는
구석, 거미줄에 걸려 떠는데
흠빡 먼지를 쓰고
교실 뒤켠에 함부로 쌓아둔
귀 떨어져나간 책걸상들.
허물어진 사택 자리에서 보면
쑥부쟁이, 잡초 그득한 운동장
물맛 좋던 샘도 막혀버린
언덕 위의 '작은 세상'엔, 이제
허섭스레기 눈물뿐

다시, 안면도에서 2
— 다락골

고작 20년도 채 지나지 않았는데
다락골 사람들, 그저 옛 얘기 삼아
짓다 만 공소 옆, 허물어진 교실의
우중충한 기억만 남아 있데
간척지 토사 흙에 밀려
바지락도 사라진 갯벌 옆
다락골에서.

술노래

몸이 아프다
내가 알고 있던 주량酒量과
내 몸이 지탱할 수 있는 주량이
자꾸 벌어져서
다음 날 대낮까지 허우적거린다.

내가 살아가리라 했던 세상과
내가 사는 세상의 온갖 게 엇물려
세상이 내 속에서 들끓고
내가 세상 속에서 허우적거린다.

찬 서리에 땡감은 익어가는데
떫게, 더 떫게 입맛을 다시는 겨울 아침.

백마역에서 1

백마역을 지키는 것은
포장마차의 무허가 불빛이다
겹겹이 포개진 아파트의 헐렁한 키를 지우며
비가 내리면
두두두두, 말발굽 소리 내는
포장마차의 지붕 너머로
희뿌연 새벽이 철길을 따라오면
젖어도, 목마른 사람들이
젖은 어깨 추스르며
무단횡단하는 곳, 백마역에서

백마역에서 2

막차도 끊긴 백마역의 흐린 불빛 사이로
비가 내린다.
포장마차의 지붕을 두드리고
겹겹이 포개진 아파트의 불빛을 지우고
비가 내린다.
콧김 거친 말발굽 소리는 어디에 있을까
사람들은 취하여 집을 찾는데
사정없이 달리는 신도시의 불빛들.
잔뿌리 하나 못 키우는 아파트의 뿌리가
목마른 데, 내리는 비
백마역에 내리는 비.

4부

─────

고향 길   2005

어떤 날인가, 터덜터덜 완행버스를 타고 오지를 지나는데, 외딴집 흙담에 지난겨울 시래기가 대롱거리고 있더라구요. 그걸 보니까(제가 원래 시래기를 무척 좋아합니다) 갑자기 내가 이제껏 해온 짓들이 누추하기 짝이 없더라구요. 이렇게 살다가는 '따뜻한 시래기죽 한 그릇'도 못 되겠드라구요.

내가 쓴 시나 내 삶이 외롭고 허기진 사람들에게 '따뜻한 죽 한 그릇'이 되었으면 고맙겠다는 얘기지요. 우리가 아무리 잘난 척하며 살아도 결국 우리는 모두 측은하기 짝이 없는 인간들(시래기)이니까, 여기서 맺은 인연을 소중하고 고마운 것으로 바꿔야 한다는 생각입니다. 그러려면 몸 안에 있는 물기(탐욕이나 욕심 같은 것)를 지워야지만 '따뜻한 죽 한 그릇'이 될 수 있겠지요.

2004년 2월 24일 화요일
「윤중혼디 늦었구만요, 이?」라는 편지글 중
「시래기」에 대한 시작기詩作記

I

시

詩

외갓집이 있는 구 장터에서 오 리쯤 떨어진 九美집 행랑채에서 어린 아우와 접방살이를 하시던 엄니가, 아플 틈도 없이 한 달에 한 켤레씩 신발이 다 해지게 걸어다녔다는 그 막막한 행상길.

입술이 바짝 탄 하루가 터덜터덜 돌아와 잠드는 낮은 집 지붕에는 어정스럽게도 수세미꽃이 노랗게 피었습니다.

강 안개 뒹구는 이른 봄 새벽부터, 그림자도 길도 얼어버린 겨울 그믐밤까지, 끝없이 내빼는 신작로를, 무슨 신명으로 질수심이 걸어서, 이제는 겨울바람에, 홀로 센 머리를 날리는 우리 엄니의 모진 세월.

덧없어, 참 덧없어서 눈물겹게 아름다운 지친 행상길.

영목에서

어릴 때는 차라리, 집도 절도 피붙이도 없는 처량한 신세였으면 좋겠다고 생각한 적이 있었다. 뜬구름처럼 아무 걸림 없이 떠돌다 갔으면 좋겠다고 생각했다.

한때는 칼날 같은 세상의 경계에 서고 싶은 적이 있었다. 자유라는 말, 정의라는 말, 노동이라는 말, 그리고 살 만한 세상이라는 말, 그 날 위에 서서 스스로 채찍질하며 고개 숙여 몸을 던져도 좋다고 생각했다.

한때는 귀신이 펑펑 울 그런 해원의 詩를 쓰고 싶었다. 천년의 세월에도 닳지 않을, 언뜻 주는 눈길에도 수만 번의 인연을 떠올려 서로의 묵은 업장을 눈물로 녹이는 그런 詩.

이제 이 나이가 되어서야, 지게 작대기 장단이 그리운 이 나이가 되어서야, 고향은 너무 멀고 그리운 사람들 하나 둘 비탈에 묻힌 이 나이가 되어서야, 돌아갈 길이 보인다.

대천 뱃길 끊긴 영목에서 보면, 서해바다 통째로 하늘을 보듬고 서서 토해내는 그리운 노을을 가르며 날아가는 갈매기.

아무것도 이룬 바 없으나, 흔적 없어 아름다운 사람의 길,
어두워질수록 더욱 또렷해.

고향, 또는 늦봄 오후

흙바람벽에 기대어
빨간 웃통 드러낸 채
누더기에서 이를 잡고 있는
늙은 거지의 희미한 미소.

그해 가을

금강 위로 안개 일자, 비 그쳤다
잘 익은 수수밭에 가을바람 번져, 달도 뜨지 않는
가을 저녁.
철부지 아내와 아들 두고
늙은 홀엄니보다 먼저
한 줌 재로 뿌려진
순한 사내를 보내는 날.

봄비

칠십 평생 처음으로, 지난겨울 되게 앓으신 엄니가
얼굴 그득히 피우신 검버섯
황망한 마음으로, 아이들 앞세워 둑길에 나서니
넘어질 듯, 아이들 뜀박질로
들을 가로질러, 앞산 파랗게 키우고, 개울 물소리 들쑤시며
금강까지 내처 몰려가는 풋풋한 물비린내
희미한 빗소리 귀동냥하며
둑길 끝 징검다리 비로소 뚜렷하다.

올해는

올해는 등나무꽃도 스쳐갔네
자글자글 눈으로 웃으며
'헉' 숨이 멎어 한참을 바라보던
동네 어귀 등나무꽃.

올해는 금강가를 거닐지도 못했네
반짝이는 은피라미떼 눈 맞추며
며칠씩 걷던 금강 원둑.

올해는 새벽 산길에 핀
쑥부쟁이 따라 건들대지 못했네.

우리 엄니, 부러진 어깨뼈 더디 아물어……

겨울비

冬安居 중인 겨울 산길에 헛디뎌 미끄러지며
스님 딸이 머무는 절집을 떠나
마을로 내려가는 일흔 살 노인, 우리 어머니.

고향, 옛집에서

너무 멀리 떠나온 것은 아닐까?

더 추운 곳으로, 기러기 진즉 떠난 윗말 강어귀에
도리어, 강바람 싸늘하고 봄비 서러워
이미 닫힌 사립문 앞에서 서성대다, 비에 젖어
멍하니 저무는 하늘만 바라보네.

II

고향 길

고향 길 1

산딸기가 무리져 익어가는 곳을 알고 있다.
찔레 새순을 먹던 산길과
삘기가 지천에 깔린 들길과
장마 진 뒤에, 아침 햇살처럼, 은피라미떼가 거슬러 오르던 물
길을
알고 있다. 그 길을 알고 있다.

돌아가신 할머니가, 넘실넘실 춤추는 꽃상여 타고 가시던
길, 뒷구리 가는 길, 할아버지 무덤가로 가는 길
한철이 아저씨가 먼저 돌아간 부인을 지게에 싣고, 타박타박
아무도 모르게 밤길을 되짚어 걸어간 길
웃말 지나 왜골 통정골 지나 당재 너머
순한 바람 되어 헉헉대며 오르는 길, 그 길을 따라
송송송송 하얀 들꽃 무리 한 움큼씩 자라는 길, 그 길을 따라
수줍은 담배꽃 발갛게 달아오르는 길
우리 모두 돌아갈 길

그 길이 참 아득하다.

○ 『녹색평론』 김종철 선생님께, 윤중호가 드림.

고향 길 2

왜정 때 부역질로 만들었다는 신작로 따라
고향을 떠나왔다.
그 뒤로도 자꾸 신작로가 자라서
당재 너머로, 뱀맞테 서금리 단전리 지나 뒷구리까지
뒷구리 넘어 부상까지
칡넝쿨처럼 타고 넘더니,
아는 얼굴들 모두 신작로 따라 대처로 떠나고,
이제 내가 아는 얼굴 되어, 신작로 끝
빈집, 불 밝혀야 하나.

회인 가는 길

개울물 소리 문득 궁금해지면, 漁夫同 지나 산모퉁이를 돌아서, 밤길 더듬어 신새벽까지 술에 취해 걸어가던 회인 40리.

회인 가는 길엔 감나무가 많았다.

아침밥 짓는 연기와 강안개가 다투듯 피어나는 고샅길 따라 척척하게 걸어가면,

나는 잘 모르지만, 여기가 사람 사는 곳이구나 싶어 돌아보면 만장을 앞세우구 상여 소리 구슬프기도 허고

나는 잘 모르지만, 댐 물이 차오르기도 전에 서둘러 떠난 빈집 뜰에서 소근대는 구절초가 사립문을 열어놓구 누구를 기다리는지 한적허구

나는 잘 모르지만, 흰옷 입은 백성들이 절단났다는 그해의 난리 이후에 원혼들이 들구 뗬다는 도깨비불도 자취 없이 사라진, 그 회인 40리.

회인 가는 길엔 감나무가 많았다.

고샅마다 산비탈마다 길목마다 우멍하게 서서, 맘 좋은 할아버지처럼 해장술에 취혀, 목울대를 떨며 먼첨 타오르던 빨간 홍시감.

지금, 대청 물결 속에서 눈뜨고 있을까?

회인 40리.

졸린 하루

장사한 돈은 그날부로 장터 장국밥집에서 모두 부어야 간다는
영동 무쇠솥 장수 편서방, 늘 춥게 웃는 신기료 장수 신씨 아저씨
의 곱사등, 날근리 이장과 바람난 석호 아줌니의 댓바람 술주정,
도가집 술찌기미의 달콤한 신맛, 갈쿠리손을 휘두르던 상이용사
의 붉은 눈, 새엄마에게 휘둘리던 큰 광운이 작은 광운이의 눈물
에 튼 손, 입만 열면 뻥이다 사람 좋은 윤대포 아저씨, 부스스 늘
잠이 덜 깬 노름꾼 오서방, 머슴과 눈 맞아 달아난 방앗간집 소년
과부, 우물을 잘못 메워서 불났다 하면 왜골, 불이 나면 끽끽 출
동하던 의용 소방대의 빨간 물차, 용하다고 소문난 퉁정골의 소
경 점쟁이, 소경 점쟁이의 윗집 하얀 예배당, 주책바가지 병연이
엄니의 털털한 웃음.

그립구나,
너무 멀어서 눈물겹네.

遠同里 獨居老人 朴氏 어르신

영변 부모님, 진달래 고향도 버린 늙은이
홀로 외롭다고 꿈조차 없겠는가?
가리고, 지킬 게 없으니
그저 한갓질 뿐.
비 스쳐간 겨울 숲 바라보며
거진 다 산, 허리 구부정한 홀애비
철나무로 군불을 지핀다.

전댕이 할머니

우리 할머니의 빠꼼살이 소꿉동무, 욕쟁이 전댕이 할머니, 20
리 떨어진 전댕이 觀音寺에 가서 곁눈질하며 쳉일 절하다가, 그
절 바로 밑에 있는 욕쟁이 할머니의 사립문을 열고 들어가면, '어
이쿠 내 강아지' 일방 내 손에 콩강정을 쥐어주시며

　　─ 개지랄두 퍽 혀이? 무슨 천만년 영화 보구 살것다구
　　핏덩이 앞세우구 여그꺼정 오구 지랄이랴?
　　─ 에이구 저노무 주뎅이, 그저 한 톨두 버릴 게 읎는 종잔디
　　저 주뎅이루 복 다 까불러 먹지, 그저……

인사부텀 걸지던 동무들.
　학질에 걸려, 오뉴월 염천에 솜이불 쓰구 북엇국을 먹어 땀을
내구 겨우 살아나서두 입은 더 걸어져 조선 참견을 죄다 욕으루
푸시던 전댕이 할머니.
　세상 거칠 게 없는 무자식 상팔자라며 '휴우' 숨을 몰아쉬던 전
댕이 할머니.
　그래두 소문난 전댕이 상일꾼에다 40년 병 수발을 해온 할아
버지를, 매일 새벽 치성을 올리며 새신랑처럼 모셨다는 전댕이
할머니.

그예, 할아버지 돌아가시구, 사십구잿날 당신두 돌아가시며, 화장해서 뼛가루를 금강에 훨훨 뿌려주되, 이것만은 꼭 할아버지 산소 발치에 묻어달라고 부탁했다는,

좀이 다 슬고 누렇게 빛이 바랜, 50년 전 전댕이 할머니의 친정 엄마가 신행길에 주셨다는, 광목 배내옷 두 벌.

황새말 당산나무 할아버지

접때 돌아가신 외할아버지처럼
술 잘 자시고, 신명 잘 지피시고, 입을 훔치며 잘 웃으시는
황새말 당산나무 할아버지.
수백 년 동안, 얼음장처럼 쩍쩍 갈러지는 새파란 겨울 하늘을
구부정하게 받치고 서서, 똘똘똘똘, 속 빈 나이테 대신
얼음장 밑으로 몰래 물소리를 키우시던
황새말 당산나무 할아버지.
움푹 패인 밑둥이 허전해서
옹이진 손을 비비며 자꾸 웃으시지만
금강 물소리가 지천에 깔리기 전, 전설처럼
새파란 싹눈을 어김없이 틔우시던
황새말 당산나무 할아버지.
흥건하게 세상을 굽어보던, 울울창창, 험난한 가지는
왼갖 새들에게 다 내주고, 그래도
단옷날이면 알통 스러진 왼팔에 그네를 매주시던
황새말 당산나무 할아버지.

심천역 너머, 공굴다리 가는 길에, 이제는
지팽이 짚고 누워 계시네
황새말 너른 들이 외로 기울었네.

노루목 우리 김형

채 눈두 녹기 전부터, 노란 꽃잎을
대궁 위로 쑥 밀어 올리는, 복수초의
처연한 모양두 이쁘지먼,
세상 게으르게두
꽃대궐 잔치 끝물까지 번둥대다가
화들짝, 놀라, 좁쌀 같은 꽃을 확 퍼트리는
개밥풀꽃두 너무 좋아.

누루목 김형, 너무 굼떠서
상일꾼은 염두 못 내지먼, 그래두
엇송아지 비탈밭 갈듯기,
이랴, 쩟쩟
어설프지만
맛없는 세상을 지성으루, 새김질허는
우리 김형두 너무 좋아.

경은이 성님

사과꽃 향기 붉을 대로 붉다가, 드디어 지고
꽃 진 자리에서, 가난한 새끼들처럼 황망히 자라던, 풋사과
모두 달게 익혀 거두어 보낸 이 겨울
무춤하게 말라가는 과수들처럼
헛헛하게 웃는
경은이 성님의 쉰여덟, 나이.

엎드려 절하며 쓰는 글
—故 송재면에게

금강 원둑길 따라 느릿느릿 걸어와
비죽이, 황소 웃음으로 세상 넉넉히 채우더니
볼장 다 본 세상, 볼 게 뭐 있느냐고
마른 입맛 다시며
문득 강 안개 사이로 사라진 친구여,
밤새 마셔도 목말라
방아실 골안개 지기 전에
눈물 흔적 지울 수는 있지만, 어찌 볼거나
고향 가는 길옆, 그대 무덤가에
움쑥 자라는 봄풀을……

봄날에 기대어
— 조성일에게

옛 산성에 봄비 자욱하니
늙은 배나무 가지에 꽃눈 터졌다.
금강 풀려도, 도리어 바람 더욱 차가워
시절 수상하고, 새날 기약 없으니
부질없는 한뎃꿈조차 위태롭네.

구장터 외갓집

외할아버지 진작 돌아가셨구, 장녀인 우리 엄니 밑으루 한 다리 건너 졸라니 사연 많던 네 이모님들 각자 점지허신 서방님네루 떠나시구, 그 아래루 작은오삼춘 막내오삼춘은 일 쫓아서 춘천에서 대전에서 살림 차리구,

큰오삼춘네 외사춘들, 딸 셋 모두 여의구, 얼굴은 똑같지만 안식구는 영 틀린 쌍둥이 두 아들 각자 객지에서 밥벌이하느라구 얼굴마저 아삼삼할 지경이구,

지금 외갓집엔 아흔 가차운 외할머니와 국민핵교 교장 선생님인 큰오삼춘 내외가 사시는데,

옛집에는 외할머니 혼자 사시구, 탈곡하던 너른 마당엔 큰오삼춘 내외가 사시는 슬라브 집이 들어서고 또 어설픈 정원두 들어서고, 뒤안에 있던 늙은 감나무들 모과나무 앵두나무 가죽나무 모두 베어내어 정답게 눈 맞출 곳이 없고, 사립문 옆 돼지막 뒤에 있던 미나리꽝은 아예 흙으루 돋아서 주차장과 묘목밭이 들어섰는데,

그래도 지금은 외할머니 땜에 그 터에 살지면, 국민핵교 교장 정년이 이 년 남았다는 큰오삼춘, 외할머니만 돌아가시면 여기저기 농삿거리 모두 구미 이모부께 맽기구선 知己가 많다는 대전으루 떠서 아파트에 사실 작정이라니, 정붙일 데는 못 맨들구 정붙일 데는 자꾸 사라지구.

성골마을 대보름날

아름답구나, 달집 불티 날리는 성골마을에
가난한 시인 심정록°이
먹고 살 양으로 장만했다는,
벌겋게 녹슨 군고구마 통에서
따숩게 구워내는, 군고구마 하나 더 먹겠다고
쥐불놀이 하다 말고 나래비를 선
아이들의 입가에 묻은 숯검댕이여.

° 시인 심종록.

기찻길 옆 애호박

오밤중에도, 기적 소리에 잠투정하며 깨어나
초여드레 달빛과 속살거리며
쑥쑥 자라는, 애호박이 정겹다.

하루점두룩 들일 마치고 돌아오신 외할아버지
탁배기 한잔에
푹 삶아서, 조선간장에 톡 찍어 드시던 애호박

우리 외할아버지, 돌아가신 지 20년도 채 못 됐는데
가실 곳으로 너무 잘 가셨는지
무심한 듯, 아무도 그분 말씀을 안 허구
애초에 안 계셨던 분처럼, 넘말 하듯이
우리 모두 각자 제 앞가림에 바쁘니
기막힌 일이지만, 기막혀서
눈물 나게 이쁜 일이 아니겠냐구
기찻길 옆 애호박이 칙칙폭폭 자란다.

다시 금강에서

사람들이 버리고 떠난
빈 상엿집 같은,
구슬픈 고향 같은,
옛사람들의 자리만 남아
금강의 잔물결을 키운다.

철새들이 버리고 떠난, 빈 둥지 같은
아흔 살의 외할머니 같은.

꽃사과나무꽃
— 콧등을 간지르며 아파트 단지 구석구석에 넘실대던 사과꽃 향기

과수원, 개구멍이 있는
탱자나무 울타리가 생각났다.
냅다 튀던 금강 원둑길
콩닥거리는 가슴을 쓸며
'딱' 베어 물면
아구가 뻐근하던 국광의 신맛

지랄맞아라, 헛된 꿈이었네
초여름 비에 낭자히 꽃잎 지고 향기 스러져
기껏, 허랑한 쭉쟁이나 맺자고
그렇게 봄 내내 개분칠이었나?

고향 묘목 밭에서 아파트 단지로 팔려온
내 꼬라지.

하지 감자

쪽 눈 하나로
저렇게 주렁주렁 뽀얀 세상을 키우다니……

III

입적

入寂

노스님 떠난 선방, 불기 한 점 없이 냉랭하고
산 밑둥 푸르게 색을 보태며
봄비 내리는 윤사월.
막 당신 수의를 장만한
늙은 엄니와 중년 큰아들
절집 툇마루에 이슷하게 기대어
내리는 실비를 바라본다.

거미는 평생 길을 만든다

늙은 감나무 가지에 매달려
거미가 내려온다.
까맣게 타버린 사지를 부비며
한 줄, 불같은 그리움으로
마른 몸뚱이를 던져놓고
필사적으로 가늠한다,
마지막 길의 길.

균열
— 허도요의 백자 항아리

둥글게, 텅 — 비어 있어서
맑은 소리가 나는가?
온갖 잡티를 태우는 뜨거운 불에
쩍쩍, 금 간 틈새에서
푸르른 산바람 소리를 키우고 있는가?

이제, 금 간 나이가 됐는데
세상의 뜨거운 맛에 망가졌는데
소리 하나, 틈새 하나 키우지 못한
오십 줄의 술대접, 이 투박한 막사발에
무엇을 담을꼬?

능금
— 백화산 다래골 능금나무 아래에 소복이 쌓인 채 썩어가는 산능금

기다릴 사람도, 그리운 사람도 없는데
자꾸 달아올라요.

送天江에 꽃 그림자 흘려보내던
능금꽃 필 때도 그랬어요.
어느 날 느닷없이, 봄바람 부풀 대로 부풀어
온 천지 꿈틀꿈틀 움터올 때도
쑥국새 소리에 설레었던걸요.
밤마다, 먼 곳, 길 떠나는 꿈을 꾸었어요.

가을바람이 거두어가는 것, 아시지요?
강물이 두어 발짝 물러서면, 어느새
파랗게 질리도록 달음박질하는 하늘
산은 또 그만큼 슬그머니 낮아져, 심심하게
맨몸을 드러낸 나무들도 먼산바라기 하면
혼자 설레는 가슴은 또 얼마나 부끄러운지요.
이젠 가야겠어요.
지난 한철 얼마나 아름다웠는지요.

초파일 연등제

법수 70세로, 초파일 이레 전에
연등 만드시다 저절로 입적하신 지연스님, 제가
물정 모르는 젊은 치기로
살 맞은 산짐승처럼 나뒹굴 때면
— 세상 미워 말구 측은지심으루 대해……
말갛게 웃으시며 등 쓸어주시더니
이제, 20년이 더 지난 지금에서야
스님의 웃음소리 들리는가요
쯧쯧, 혀 차는 스님의 말씀 들리는가요.

立春

검불처럼 사윈 노스님, 오랜만에
볕 좋은 툇마루에 기대어, 물끄러미
아랫세상을 바라보는데
지난밤부터 올린, 삼천 배 기도를 막 끝낸 늙은 보살
개운한 얼굴로
三神閣 앞 산수유꽃을 바라본다.

아지랑이

지난겨울, 마른 갈대 거꾸러진 자리로
숨이 턱에 받쳐 새순 돋는 江.

大寂殿 앞에서

백일 가뭄에, 甲寺 예불 소리 들리지 않고
응달에 핀 하얀 괴불나무꽃
계곡 물소리도 적막하다.

천년 동안 고였던 大寂殿
눈시울 붉히며
지는 하루에 기대어
바람 소리를 듣고 있다.

운문사에서

청도계곡의 득음得音도, 선지식의 한 소식도 나는 알 바 없다네.
그저, 먹물 장삼 스치는 소리에 얼굴 붉히는
배롱나무꽃만 바라볼 뿐.

雲柱寺

염치없는
비구스님들이 접수하기 전에
평생 염을 세워
불사를 하셨던, 비구니 백진스님
어디 가셨냐?
千佛千塔을 새끼처럼 거두신다더니……

불두화
— 雲門寺에서

20년 전, 말없이 출가한 딸을 찾으려고 낯선 이곳을 찾아온 늙은 에미가 있었다.

지독한 차멀미를 해가며, 허방 짚듯, 겨우겨우 구름 문턱을 넘었지만, 그 전날 밤 꿈에서 에미를 미리 본 딸은 행장을 꾸려, 빈 절간 새벽바람처럼 떠났다고 했다.

온 삭신이 무너내린 그 늙은 에미가, 몇 달 새 말라버린 눈물이 다시 터진 것은 대웅전 앞에 핀 불두화를 보고 나서였다.

지금, 울밭에서 잎 푸른 채소를 가꾸는
어린 비구니들,
불두화 피었다.

頭陀山

날 저물어 三知寺 법당 문 이미 잠기고
진종일 산을 타던 나무들 멈칫 서서
무릉계곡에 그늘을 보태는데
뒤늦게 두타에 나선 운수납자여
세상살이의 설움 따위 별게 아니라고
가는 빗속에서, 꾸르룩 꾸르룩
접동새가 울었다.
쉰우물[五十井] 지나며, 백 번도 넘게 소매깃 씻어도
우뚝우뚝 다가서는 봉우리 너머
두타산 길 아득해
하얗게 피어나는 들꽃,
계곡 물소리에 고개 흔들며
돌아가라, 돌아가라고
길 막아서네.

向日庵

남녘의 이른 벚꽃, 멋대로 부는 바람에
푸른 바다로 분분히 날려
저녁 예불 소리 문득 외로운데,
여수 앞바다로 곤두박질하는 폭포수처럼, 바다 위로
흰 금을 그리며 날아가는 갈매기.
여수 앞바다, 돌섬 꼭대기 바위틈에
이렇게 대롱대롱 매달려 살자는 것이냐
줄창 하늘만 바라보자는 것이냐.

IV

일산에서

일산에서
— 주말농장

일산시민모임에서 땅을 빌려 만들었다는 주말 텃밭

쇠비름만 자라는 다섯 평짜리 박토지만

이름은 어엿한 주말농장

글쎄 그런 걸 해도 괜찮을까?

무공해 채소가 어떠니, 흙을 밟는 마음이 어떠니

이런 막돼먹은 생각을 해도 괜찮을까?

상추, 쑥갓, 고추, 가지, 열무, 하지 감자 등속을 심어서

위층 아래층 두루두루 나눠 먹는 재미는 있을 거야

뻔뻔하게 끄덕이면서

알 만한 얼굴도 부러 외면하면서

그렇게 지겹던 호미질도 황송하게 하면서

방울토마토의 진딧물까지 반가운

이게 무슨 짓일까

이 땅에 살면서, 이 땅에서도 신도시 아파트에 살면서

불쌍해라, 환호성 치며 여치 소금쟁이 고추잠자리를 좇는 아이
들을 보면서

빠꼼살이 같은 주말 농장의 김을 맨다.

그나마 정갈하게 제 태를 내는 밭은, 보물 같은

노인네들의 거친 손이 쉼 없이 단도리하는 곳, 그래도

터덜터덜 주말 농장에 가면
어쩔 수 없이 가슴이 설렌다.

텃밭에서 1

새벽마다, 오릿길 텃밭을 다녀옵니다.

하지 감자 웃자란 순을 떼어내고
엇갈이배추를 솎습니다.
토마토가 탱글탱글 여물어가고
고추가 고추만 하게 대롱거리는데
며칠 전 뿌린 열무가
땅을 들썩이며 움쑥 솟았습니다.

거둔 완두콩으로
아침을 지어 먹었습니다.
막 따온 청상추
아삭아삭 소리가 납니다.
참 행복합니다.
생각해보니
참 불쌍합니다.

텃밭에서 2

진즉, 고급 공무원으로 정년퇴직하셨다는 경상도 할아버지.

입성 멀쩡한 고급 공무원 출신답게 아들 딸 모두 먹고살 만허게 여의살이 시켰고, 있는 재산 모두 쓰고 갈라나, 걱정이라면 그게 걱정이라는 그 냥반은, 태어나서 생전 츰 씨를 뿌려본다며, 텃밭 언구 달포는 거진 매일 새벽마다 오시더니,

가지, 오이, 상추, 쑥갓, 토마토, 호박, 케일 모두모두 자라는 게 신기허다구, 아들 딸내미 솎아줄 거라고 열심히 풀 뽑구, 그래두 못 미더운지 틈만 나면 농약 치고 요소 비료 뿌리고 끔찍하고 빤질빤질 가꾸시더니,

요즘엔 아주 뜸해서. 장마 끝난 뒤, 바랭이풀 천지고 뿌리 썩은 고추 픽픽 넘어지는데,

하루는 나오셔서, 생각해보니 텃밭 빌린 값도 안 나오겠다고 더운디 무슨 재미로 나오겠냐구, 솎아준 열무 새끼들이 모두 버렸더라며, 애호박 하나 따 들고 담배만 피다 가시데,

고급 공무원 출신 경상도 할아버지는……

완두콩

콩깍지 속에
새파랗게 빛나는 완두콩 여섯 개
곰실곰실 누워 있다가
콩깍지를 터니, 부시시 깨어나
서로 몸을 기대며 웅크립니다.
무심코 콩깍지를 훑다가
가슴이 철렁 내려앉았습니다.
완두콩마다, 콩깍지에
허연 탯줄을 달고 있었거든요.

열무꽃

너무 게으르거나 혹은 지나치게 바빠서
주말 텃밭 구석구석 열무 씨를 뿌려놓고
전혀 왕래가 없는 텃밭마다
봄 가뭄에 바짝 비틀어진,
채 한 뼘도 자라지 못한 열무가, 어느 날 갑자기
쑤욱― 대궁을 밀어 올리더니
연보랏빛 열무꽃이 분분하다.
나풀나풀, 바람이 불면 일제히
어린 나비로 고운 날갯짓하는
연보랏빛 꽃무리들.
너무 게으르거나 혹은 지나치게 바쁜
텃밭 주인들이 본의 아니게 풀어논
난데없는 꽃잔치.
주인들은 꽃구경도 안 오는데
농사꾼 할아버지는 끌끌 혀 차고
건달 농사꾼만 새벽마다 환히 피네.

봄

연탁스님은 큰스님 부름에 부랴부랴 내려가고
우르릉 달려가다 문산서 잽히는
경의선 옆뎅이 열 평 텃밭에
열무 씨 뿌릴 날을 기다린다.

배추벌레

배추흰나비가 특별히 이무롭게 봤는지
마흔 개가 넘는 텃밭 중에
우리 밭에만 배추벌레가 우글거린다.
곰실 곰실 곰실 곰실
일주일에 서너 번씩, 새벽마다
김도 매주고 흥건히 물도 뿌려줬는데
기르는 재미에 애걸복걸 너무 매달려서 그런지
나중에는 돼지벌레, 톡톡이까지 생겨나서
곰실곰실곰실곰실
열무 엇갈이배추, 사각사각사각사각, 줄기까지 죄다 갉아먹
어서
텃밭 농사졌다고, 솎아서 넘 주기도 민망해
벌레도 생명이라고 그저 놓고 보기엔 내 그릇이 너무 작고
농약을 쳐서 일망타진하기엔 염치가 없어서
사나흘 벌레들과 피투성이 육박전을 벌이다가
열무와 배추를 모두 뽑아내고 깨끗이 항복하고 말았다.
뽑아 던진 배추 위에 내려앉은 배추흰나비 두 마리.

땅을 갈아엎고 다시 씨를 뿌렸다.

치과에서

내가 내 마음 밭을 여벌로 여겼더니
띠풀, 쇠비름, 바랭이풀 그득하고

내가 내 몸을 업수이 여겼더니
딸딸딸딸, 아주 작정을 하고
치과의사가 내 몸을 갉아내네

아이구 셔.

임진강에서

참, 팔자도 더럽지.
내동 넘실넘실 울먹이던 임진강
철부지 한탄강이랑 이슥하게 들섞더니, 이젠 아예
펑펑 울매 흐르데, 흐르다가
시리고 결린 이 땅의 허리춤으로 스며들면서
차마, 무심한 바다는 되지 못허고
통일전망대 앞, 그 언저리에 무추름히 서서
눈물 콧물로 땅을 적시데.
풀벌레 소리 같은 생생한 이야기 한 마리
키울 작정이였나벼.

金昭晉路에서

새벽마다 김소진로를 걷는다.
거동 불편한 노인네들의 걸음에 맞춰
천천히 아주 천천히, 경의선 철길과 나란히 걷는
김소진로를 따라
개나리꽃, 산당화, 벚꽃, 살구꽃, 매실꽃, 꽃사과나무꽃, 라일
락, 조팝나무꽃
순서대로 피고 지고 자꾸 피고 지면
찔레꽃도 하얗게 덩달아 피어나서
버찌도 까맣게 익어가던 거였다.
이른 새벽부터, 꿀렁꿀렁, 기찻길 위로
수많은 사람들이 무심하게 스쳐가는 길, 金昭晉路
휑한 눈에 조선 샌님 같던 사내 김소진,
그리움이야 오롯이 남은 우리들의 몫이라지만
기찻길이 내려다뵈는, 이 자리쯤 어디에, 아직도
그 사내가, 물끄러미
밝아오는 하늘을 바라보고 있을 것 같아
건너건너로 반가운 눈인사나 나누던 나는
그저, 잘 익은 버찌 한 움큼 건네주고 싶은 마음에
이렇게 찔레꽃 주변에서 서성거려보는 것이다.

대변항에서

송정 옆구리 대변항에서, 은빛 나는
멸치회 한 접시를 먹어서 그런가? 내가
저녁 바다 남은 햇살에 둥둥 떠다니고 있다.
은빛 뱃살을 뒤집으며 발밑에서 푸드득거리는,
먼 바다에서 떼거지로 몰려오는 멸치들
그 눈부신 빛에 홀려서 자꾸 바다 가운데로 걸어가면
나도 멸치떼에 섞여
허우적거리며 살아가다가, 돌아와
대변항 저녁 햇살에 빈둥빈둥 떠다니다가
한 접시 멸치회나 반가운 인사로 건네주는
곰삭은 멸치젓이 되어도 좋지 않을까.

자유로에서 1

어디, 북한강의 샛강에서 떠밀려 온 것일까?
허옇게 뿌리 드러낸 채 잎 피우는 물푸레나무
위에 걸터앉아서, 새벽 비에 젖어가며
한강변에 낚싯대를 드리우고
흐린 하루를 건져내는 사람들이 슬프다.

자유로에서 2

파꽃이 피었다.
행주산성을 에감아 도는 초가을 비에 젖어
더 아리게 빛나는 파밭을 배경으로
울먹이며 해장술을 마시는
한강.

자유로에서 3

경기 북부 지역에 계신
국군 장병 아저씨가 탈영을 하면, 한도 끝도 없이
자유로가 막힌다.
잠시 검문이 있겠습니다,
기세 좋던 덤프트럭도, 틈만 나면 곁길로 새는
얌체 같은 좌석버스도
온갖 잡것이 함께 흐르는 불쌍한 한강도
가다가 막히고, 가다가 섰다가
다시 막힌다.
아침부터, 검문에 걸린 자유가, 안달하며
늦은 출근 시간을 걱정하고 있다.

마두1동 참새

마두1동 육교 다리 밑 상판 틈새에 참새가 산다, 열 마리도 넘게. 바쁜 출근길, 버스 정류장에서 어깨를 웅크리고 오종종하게 몰려다니는 사람들, 사이를 누비며, 아랑곳없이, 화다닥, 암수 짝을 맞춰 성희롱에 여념이 없다.

여의도 비둘기처럼, 평화와 일용할 양식을 구걸하지도 않고 꼴같잖게 헛 인품을 챙기지도 않고 모이를 찾아, 콩콩콩콩, 사방 눈밭을 헤집다가, 푸드득, 거칠 것 없이 먼 하늘을, 쨍그랑, 바싹 깨버린다.

백마역 앞 느티나무 세 그루

두 그루는, 때맞게 연녹색 잎을 틔워
아침저녁 기차 소리에 울렁대는
여린 손짓이 황홀한데
맨 왼쪽 느티나무 한 그루
아직 추위를 타는지, 긴 겨울 꿈에서 깨어나지 못하고
꿈에 갇히면 꿈조차 감옥일 테지만……
검은 가지 외롭게 봄바람에 더욱 스산해
봄 내내 가슴을 쓸어내며 지냈더니,
어느 날 곁가지 죄 잘리고
며칠 뒤 윗둥치까지 잘려나가
덩그만 둥치만 황사 바람에 뿌옇더니
아, 이것 좀 봐! 봄비 그친 그다음 날
몸통에서 파랗게 돋은 잎눈 세 마리.

노숙자 김대봉 씨의 겨울

막차가 떠나고, 서울역에서 내몰린 사람들이
서글픈 진눈깨비 되어
이리저리 구겨지다가, 감쪽같이
사라지는 사람들.

춥고 시린 꿈에서 깨어나면, 이미
새우처럼 구부러진 현 씨의 몸에서 빠져나간 온기는
갈 수 없는 고향의 그리운 바람이 되었을까?

독립문 앞 무료 급식소에서
식판에 말라붙은 밥풀을 핥다가 바라본, 당신들의 세상은
식은 밥풀 하나보다 귀할 게 없다.

나헌티는 책음감 있이 살라구 허시등만

— 이문구 슨상님께

비설거지할 참도 마다하고
곰새 내렸다, 히뜩
골안개만 피우고 사라지는
여우비
처럼, 황망하게 가셨네.
개갈 안 나는 세상이라구
비죽이 웃으시드니,
슨상님 혼자 손 털고 뒷짐 진대유?
세상은 여적 그 세상인디……

광부의 딸 김옥림 씨

김자 평자 득자, 우리 아버지
평생 세상을 달구셨네.
35년 막장의 선산부로
깜깜한 어둠을 퍼 올려 세상을 뎁히다가
숭숭 뚫린 폐광처럼, 폐 속에 쌓아둔
마지막 석탄가루조차 꺼내
가시는 길을 달구셨네.

늙은 초빠이의 노래

푸댓자루처럼 널브러진 육신의
실핏줄 구석구석
싸알한 알콜 기운이 번져가면
투덕투덕, 조금씩 눈을 뜨는 세상.
내 이름은 실향민, 내가 고향을 등졌고
세상이 나를 버렸다.
묵은 육신 툭툭 털고
외로운 혼만 풀려나면
이제 곧 북녘 고향으로 돌아가리라
아! 오마니
떨리는 손으로 눈곱을 떼며
흐린 밤하늘을 멍하게 바라보는
초빠이 초빠이,
3·8따라지 영등포 초빠이.

가을

유고 시

돌아갈 곳을 알고 있습니다.
조금만 더 기다려보세요.
모두 돌아갈 곳으로 돌아간다는 걸
왜 모르겠어요.
잠깐만요. 마지막 저
당재고개를 넘어가는 할머니
무덤 가는 길만 한번 더 보구요.

이. 제. 됐. 습. 니. 다.

∘ 『고향 길』에 '미완유고시'로 덧붙었으나, 한 편의 작품으로 갈무리해 싣습니다.
　　—엮은이

신탄진 홍경자 뎐

미발표 시

(당없는 농사꾼의 맏딸루 점지하신 삼신할매요
터지게 많은 일복도 복은 복이지유?)
말도 마라, 열네 살 고사리손으로 세상을 꿰매 가던
60년대 구로공단의 재봉시다 출신, 홍경자 님
정식으로 들은 바는 없지만, 글쎄
억울해서 못 쓰러지겠다구,
각혈을 하며, 낯선 서울 거리를 울며 헤맸다던
그 가난한 맏딸의 매운 손매로
강아지처럼 곰실대던 동생들 모두 건사허구
그러구두 또 늘 궁금할 때마다 챙겨주는
맏딸 생각에 가슴이 메어지는 친정어매의 한숨소리엔
드시곤도 안 허구
신탄진 '따봉식당' 안주인 홍경자 님은, 오늘도
헬쓱해진 얼굴로 눈꼬리가 낭창 처지게 웃는다.
'난 괜찮유, 거기도 괜찮지유?'

정 많고 빚도 많고, 눈물 많고 일도 많은,
소리소문 읎이 자랑스런
우리 처형, 홍경자 님.

비非근대인의 시론

—『녹색평론』의 故 김종철 선생님께

임우기(문학평론가 ·『윤중호 시전집:詩』엮은이)

1. 『윤중호 시전집:詩』 출간과 그 문학사적 의의

시인 윤중호가 타계한 지 어언 18년째. 윤중호 삶과 문학을 추억하고 기리는 지인들이 뜻을 모아 『윤중호 시전집:詩』(이하 『시전집』으로 표기)를 펴내기로 한 데에는 이유가 있다. 먼저, 이미 출간된 윤중호 시집 모두 네 권과 관련된 것인데, 출판상 사실상 절판 상태에 놓인 지가 꽤 오래된 이유를 들 수 있다. 윤중호의 첫 시집 『본동에 내리는 비』(문학과지성사, 1988), 두 번째 시집 『금강에서』(문학과지성사, 1993), 셋째 시집 『青山을 부른다』(실천문학사, 1998) 그리고 유고 시집 『고향 길』(문학과지성사, 2005) 총 네 권의 시집들은 십 년쯤 전에 이미 절판 수준에서 출판사들도 두 손을 놓고 있는 상태가 지속되었고, 그 바람에 비록 소수이긴 하나 독자들이 윤중호 시집을 구하기가 어려워진 것.

한편, 『시전집』출간의 문학 내적인 이유가 제기되었다. 윤중호 시의 문학적 의미를 재발견하고 재조명해야 한다는 점. 그래야 새로운 독자들이 생겨나고 한국문학에도 어떤 뜻깊은 계기가 되어줄 수 있다는 생각이 들기도 했다. 알다시피 진보 보수라는 편벽한 진영 논리, 낡아빠진 좌우 이데올로기 간의 대립과 부박한 흑백논리가 지배적이던 이 나라 현대문학사에서 윤중호 시는 그간 간과되거나 외면되어 온 바가 적지 않다는 생각이 든다. 윤중호 시와 시 정신의 가치와 의의를 찾고 새로이 정립하기 위해서는 『시전집』이 필요하다는 판단.

필자는 『시전집』편집자이자 문학평론가로서 윤중호의 첫 시집 『본동에 내리는 비』출간과 관련해 소회를 밝히고자 한다. 필자가 1980년대 후반 당시 창작과비평사와 함께 '문학 전문 출판' 양대 출판사인 문학과지성사에서 편집위원 겸 편집장으로 이삼 년간 근무하던 시절, 시인 윤중호에게 첫 시집 출간을 권유했고 이에 시인도 따랐다. 윤중호의 시는 소위 '민중시'적 경향이 두드러졌기에 당시 세련된 지성과 모던한 감각 취향의 '문지시인선'과는 영 어울리지 않는 것이어서 많은 시인, 문인, 독자 들이 고개를 갸우뚱한 것도 사실이었다. 하지만 문학과지성사의 편집위원회에서 사실상 좌장座長이었던 문학평론가 고 김현 선생을 사석에서 만나면, 선생이 당시 윤중호의 첫 시집을 비평적으로 높이 평가하고 필자를 격려하시던 기억이 난다.

윤중호 시집을 '문지시인선'에 소개하고 시집 출간의 인연을 맺게 한 당사자로서 필자는, 이제 절판 상태에 이른 윤중호 시집들을 한데 모아 『시전집』을 묶는다. 물론 이번 『시전집』의 출간은 윤중호 시인과 개인적 인연을 넘어 '한국문학사적 가치와 의의'를 지닌 일이라는 긍지 속에서 이루어졌다. 그러므로 『시전집』 출간은 이 땅의 부박한 문단 풍토 속에서 윤중호 시가 선구적으로 보여준 신실하고 드높은 '시 정신'을 재조명하고 새로이 해석해내는 뜻깊은 문학사적 작업의 일환이라 할 수 있다.

생태 환경 잡지인 『녹색평론』을 창간한 문학평론가 김종철 선생은 대전 소재 숭전대학교 영문학과 교수 시절 제자인 시인 윤중호에게 인간적으로 깊은 관심을 가졌다고 술회한 바 있다. 또한 선생이 잡지를 만들게 된 이후 어려운 출판 일을 겪을 때마다 제자인 시인 윤중호를 찾아 상의하고 이에 제자는 열심히 선생을 도왔다고 한다. 믿음과 속정이 도타운 두 사람 간의 사제 관계는 이 자리에서 이만 접기로 하고, 김종철 선생이 윤중호의 유고 시집 『고향 길』에 붙인 추모 글 일부를 인용하는 것으로서 윤중호의 시문학이 지닌 문학사적 가치와 의의에 대해 비평적 논의를 시작하기로 한다.

나는 이번에 이 유고 시집의 원고를 하나하나 주의해서 읽어보면서 충격을 받았다. 나는 윤중호가 이토록 아름답고 깊고 애절한 절창絶唱을 남겨놓고 갈 것이라고는 예상하지 못했다. 적어도 내게는 이번 유고 시집은 한국 현대시 역사 전체를 놓고 볼 때도 드물게 뛰어난 시적 성취를 보여주는 것으로 생각되는 것이다. 이 시집은 크게

보면 백석의『사슴』이나 신경림의『농무』의 맥을 잇는
세계이면서도 어떤 점에서는 그 시집들보다도 한걸음
더 나아간 진경을 보여주고 있는 게 아닌가, 그런 느낌이
들었다. 나는 시인으로서 윤중호가 어떤 시적 변모와 발
전의 궤적을 밟아왔는지 꼼꼼히 살펴본 적이 없다. 그러
나『본동에 내리는 비』도 훌륭했지만 이번 유고 시집은
그동안 그가 시의 언어를 다루는 기술에서뿐만 아니라
한 인간으로서도 크게 성숙해왔음을 확연히 말해주고
있다. (강조 필자)

인용문에서 백석과 윤중호 시를 비교하는 것은 두 시인의 삶
과 문학이 놓인 시공간과 시 의식의 내용을 먼저 살펴야 하므로
그리 간단하지 않은 일이나, 적어도 거의 동시대를 산 시인 신
경림의『농무』와는 비교할 수 있다. 김종철 선생이 "이번 유고
시집(『고향 길』)은 한국 현대시 역사 전체를 놓고 볼 때도 드물
게 뛰어난 시적 성취를 보여주"고 "신경림의『농무』의 맥을 잇
는 세계이면서도 어떤 점에서는 그 시집들보다도 한걸음 더 나
아간 진경을 보여주고 있는 게 아닌가, 그런 느낌이 들었다." 하
고 비평한 대목은 여러모로 깊이 새겨야 할 중요한 비평적 진단
이자 문학사적 평가라고 생각된다.
　윤중호 시에 대한 김종철 선생의 높은 평가는 구체적인 분석
이 뒷받침되지 않아 아쉽긴 하나, 선생이 생전에 관심을 가진
국내외 시인들에 대한 평론이나 비평관을 어림하고 유추하여

여러가지 해석을 내놓을 수 있을 것이다. 필자의 해석을 덧붙인다면, 시인 신경림의 『농무』(1970) 이래 1970~1980년대에 대거 쏟아진 소위 민요조에 의탁한 '(민중적) 이야기 시' 또는 '민중시'의 한계를 지적하는 한편, 숱한 '민중 시인'들의 시가 일률적으로 그럴듯한 이념과 주장에 가탁假託하여 종내에는 시적 허위의식을 드러내온 사실을 돌아보면, 윤중호의 시 의식이 지닌 보기 드문 진실성을 높이 평가하는 것은 넉넉히 수긍할 수 있다.

윤중호의 시문과 시어를 깊이 읽으면, 한국인이면 누구나 내면적으로 익숙한 율조를 느끼게 되지만, 그것은 딱히 민요조라거나 어떤 정형화된 율조라고 할 수는 없다. 윤중호는 민요 가락이 몸에 밴 타고난 소리꾼이지만, 민요조차 이념과 주장의 도구로 바뀌면 민요가 삶의 현실과 유리되어 진실에서 멀어진다고 생각한 듯하다. 특히 민요에 능통했던 시인 윤중호는 노동요에서 나온 민요가 운동가요로 바뀌어 유행하는 세태를 그다지 탐탁하지 않아 했다. 철 지난 민요가 1980~1990년대 들어 시 창작의 주요 원리가 될 설득력 있는 현실적 근거도 부실한 채, '민중시 형식'으로 유행하는 현실도 마뜩잖아 했다. 실제로 민요조에 가탁한 민중시가 지적 허울에 지나지 않는다는 사실이 밝혀지는 데까지는 그리 오랜 시간이 걸리지 않았다.

윤중호 시는 삶을 왜곡하는 삿된 것들이 끼어드는 걸 경계하고 그러기 위해서는 아무리 정의로운 이념이든 주장이라도 삶과 시의 진실을 왜곡하게 만든다는 생각에 투철했다. 이러한 시적 진실에 대한 철저한 각성은 1970~1980년대 험난한 시대 상황을 거치면서 더 견고해진 듯하다. 유고 시집에 실린 시 「영목에서」는 윤중호의 시 의식을 엿볼 수 있어 구절구절을 깊이 음미할 필요가 있다.

어릴 때는 차라리, 집도 절도 피붙이도 없는 처량한 신세였으면 좋겠다고 생각한 적이 있었다. 뜬구름처럼 아무 걸림 없이 떠돌다 갔으면 좋겠다고 생각했다.

한때는 칼날 같은 세상의 경계에 서고 싶은 적이 있었다. 자유라는 말, 정의라는 말, 노동이라는 말, 그리고 살 만한 세상이라는 말, 그 날 위에 서서 스스로 채찍질하며 고개 숙여 몸을 던져도 좋다고 생각했다.

한때는 귀신이 펑펑 울 그런 해원의 詩를 쓰고 싶었다. 천년의 세월에도 닳지 않을, 언뜻 주는 눈길에도 수만 번의 인연을 떠올려 서로의 묵은 업장을 눈물로 녹이는 그런 詩.

이제 이 나이가 되어서야, 지게 작대기 장단이 그리운 이 나이가 되어서야, 고향은 너무 멀고 그리운 사람들 하나 둘 비탈에 묻힌 이 나이가 되어서야, 돌아갈 길이 보인다.

대천 뱃길 끊긴 영목에서 보면, 서해바다 통째로 하늘
을 보듬고 서서 토해내는 그리운 노을을 가르며 날아가
는 갈매기.

아무것도 이룬 바 없으나, 흔적 없어 아름다운 사람의 길,
어두워질수록 더욱 또렷해.

—「영목에서」전문

「영목에서」는 시인 윤중호의 삶과 시에 대한 태도와 후기 시
세계를 이해하는 문고리 구실을 하는 의미 깊은 시이다. 세속적
욕망에 대한 반성, '덧없음'의 세계관, 삶의 근원인 허무로 돌아
가는 죽음의 성찰, 이를 통해 자신의 시인관을 내비친다. 시인
윤중호에게 시인은 충청도 바닷가 영목항의 하늘을 나는 갈매
기에 비유된다. 시는 갈매기가 날아간 흔적과 같다. 끝 연 "아무
것도 이룬 바 없으나, 흔적 없어 아름다운 사람의 길"은 윤중호
의 시인됨의 태도와 시 쓰기의 의미를 집약해서 비유한다.
　그런데 시인이 살아온 시대 상황을 고려할 때, 이 시엔 특히
깊이 생각해볼 시구가 있으니, 둘째 연이다.

한때는 칼날 같은 세상의 경계에 서고 싶은 적이 있었
다. 자유라는 말, 정의라는 말, 노동이라는 말, 그리고 살
만한 세상이라는 말, 그 날 위에 서서 스스로 채찍질하며
고개 숙여 몸을 던져도 좋다고 생각했다.

이 시구엔 시인이 청장년기에 암울한 시대 상황을 겪으면서 갖게 된 정치적 관점이 깊이 투영되어 있다. 이 시에서처럼 정치적 개념어들이 직설적인 자기 고백투로 토로되어 있는 경우는 『시전집』 전체에서도 드물다. 보기 드문 고백조의 시이기에 오히려 더 깊은 분석이 필요한데, 특히 이 둘째 연에서 '자유', '정의', '노동' 개념이 전후 맥락 없이 쓰였다는 점. 이 개념들은 시인이 회피하고자 하는 부정적인 개념들로 쓰였지만, 왜 부정해야 하는지 앞뒤에 설명은 생략되어 있다. 하지만, '자유', '정의', '노동' 같은 개념들은 그저 시인의 개인적인 관점에서 부정될 개념들이 아니라 '근대 시민사회'가 성립된 이래 사회적으로 공동의 가치와 의미를 지니고, 특히 진보주의적 지식인들에게 사회적 의식과 실천 논리를 전개하는 데 거의 불가결에 가까운 개념들이다.

시인이 "칼날 같은 세상의 경계에 서고 싶은 적이 있었다."거나 "자유라는 말, 정의라는 말, 노동이라는 말, 그리고 살 만한 세상이라는 말" 등 진보주의적 의식이나 운동에 대해 비판 의식을 갖게 되었다고 해도, 그것은 어디까지나 시인 개인의 정치의식에 불과하다. 서구의 근대 정치사회 체제인 '시민사회'에 들끓는 온갖 모순들이나 부조리한 권력 시스템에 대한 비판 의식은 사실상 건강한 사회를 희망하는 시민이면 누구나 품고 있는 일반적인 시민의식이라 할 수도 있다. 이 말, 건강한 사회를 세우는 데에 중요한 가치 체계인 '자유', '정의', '노동'이라는 개념조차 비판적으로 회의懷疑한다는 것은, 시인 윤중호가 어떤 새로운 이념의 정치체제를 추구하기보다 세속적 정치권력이나 진보적 지식인들의 허위의식에 대한 비판 의식에 크게 기울어진 탓으로 볼 수 있다.

윤중호의 시 전체를 조망해도, 올바른 정치의식이 무엇인가에 대한 고뇌의 내용은 직접적으로 드러나 있지 않다. 시인의 정치의식으로 해석될 만한 시들이 없지는 않지만, 그조차 모호한 비유에 가려져 있다. 어쨌든 이 시 「영목에서」가 내보이는 시인의 정치의식은 그 자체로 모호함과 자기 한계를 가지고 있고, 이 한계는 지식인들의 타락한 권력욕에 대한 일반론 수준의 비판 의식과 함께 건강한 정치의식에 대한 이해와 소통의 한계에서 말미암은 권력 의식의 오해와 맞물려 있을 공산이 크다.[1]

그러나, 이 시는 '시민적 정치의식'의 한계를 갖고 있음에도, 바로 그 근대성의 연장으로서의 '시민적 정치의식'의 한계에서 윤중호 시의 가치와 의의가 존재한다는 반어적反語的 진실을 깊이 이해해야 한다. 윤중호의 시가 품은 근대 시민적 정치의식의 '한계'가 '비근대적 정치의식'의 가능성을 열어놓는 아이러니라고 할까. 이러한 정치의식의 비근대성은 시인 윤중호가 평생 쓴 시 전체에 일관되게 관류한다. 서구 근대사회에서 형성된 시민적 정치의식은 태생적으로나 기질적으로 시인 윤중호와 길항하고 반목하였을 가능성이 크다. 시인이 생전에 사회경제적

---

1 이 정치권력 문제에 대해 일반론 수준에서 말하자면, 타락한 권력욕을 비판하는 것은 온당한 행위라 해도, 순정한 정치의식과 권력 욕망을 덩달아 매도할 수는 없는 노릇이다. 시인 윤중호가 존경하던 『녹색평론』의 김종철 선생의 경우만 보더라도, 권력 의식이란 것도 민주적이고 사회 생태적이며 인민적인 정치의식 위에서 추진되는 것이라면 그러한 권력 의지는 당연히 부정적으로 치부되어선 안 된다.

으로 소외된 계층 사람들에 깊은 연민과 함께 연대 의식을 가진 사실도 자본주의의 모순이 가득한 시민사회에 대한 부정 의식과 뗄 수 없는 것이다. 문학평론가 김종철 선생이 유고 시집『고향 길』의 '해설' 맨 뒤에 시인 윤중호의 인물평을 남기길,

　　무엇보다도 사회의 밑바닥 사람들과 함께 있는 것에
　　서 행복을 느낀 철저한 '비근대인'이었다.

　라고 적은 것도 이런 맥락에서 이해될 수 있다. 윤중호의 시의식이나 정치의식이 '비근대성'이든 '탈근대성'이든,「영목에서」의 시 의식의 기저에는 근대적 정치의식이나 시민적 개인의식에 저항하는 '비근대인적 반골의식反骨意識'과 계급의식에서조차 소외된 '비계급적 인생들을 향한 인민의식人民意識'이 작용한 점을 헤아려야 한다. 이 시가 지닌 깊은 의미들 중 하나는, 시인의 정치의식의 옳고 그름을 따지는 데 있는 것이 아니라, 시인의 고집스런 '비근대인' 의식과 실천 속에서 '밑바닥 사람들과 함께'하는 인민적 연대 의식과 탈근대적 시론의 합일 가능성을 깊고 넓게 열어놓았다는 데에 있다.[2]
　특히「영목에서」의 셋째 연에서 끝 연까지엔 장년에 이른 시인의 인생 소회가 담겨 있다. 담담한 개인적 소회에 지나지 않는 듯하나, 이 속에는 시인으로서 삶과 자연과 시를 한 통通으로 통찰하는 완숙한 경지를 보여준다. 맨 뒤 4~5연에서, 시인은 자기의 시적 자아ego를 하늘과 바다와 갈매기와의 아름다운 관계

속에서 비유한다. 이 자연의 비유에는 두 가지 중요한 내용이 그늘처럼 드리워져 있다. 하나는, 시의 내용 차원에서, 무산자無産者의 삶을 기꺼이 수락하는 시적 자아에는 종교에 가까운 '무소유' 정신이 담겨 있다는 점. 다른 하나는, 시의 형식 차원에서,

---

2 시인 윤중호가 '노동' 계급에 대해 가진 관심과 내용이 어떤 것인가 하는 질문이 있을 수 있다. 시「영목에서」는 '노동' 계급을 앞세우는 소위 진보연하는 지식인들에 대한 비판 의식을 드러내긴 하지만, 노동계급에 대한 시인의 명확한 입장이 드러나진 않는다. 윤중호 시에 나오는 노동자·농민은 변혁 운동을 추동하는 전위로서의 계급의식이나 당파성 등 소위 진보적 지식인들이 내세워 온 소위 '계급의식'과는 아무런 상관이 없는 '밑바닥 삶'을 사는 소외된 사람들이다. 오히려 진보적 지식인들이 가진 '계급의식'의 관념적 허위성을 누구보다 정확하고 예리하게 간파하고 있었다. 이러한 윤중호의 노동자 계급의식에 대한 부정적 관점은 그의 시에서 노동계급에서도 소외된 사람들, 요즘 말로 '비정규직 노동자'거나 일용직 노동자, 농촌에서조차 낙오된 빈농과 무기력한 노농老農 등 한국 사회에서 '밑바닥 삶'을 살아가는 이들에 대한 관심과 연민으로 나타난다.

이와 같이 근대적 의미에서의 '노동계급'에서 탈락된 사람들에 대한 시적 관심은 그 자체로 윤중호 시에 은폐된 사회의식을 어렴풋이나마 어렴하게 한다. 오늘날 한국 자본주의의 진행 과정에서 노동계급이 처한 현실 상황을 보면, 노동자의 계급의식도 심각한 물신화 상태에 잠겨 있고 노동계급 내부적으로 여러 분파 간 이해관계에 따라 대립과 분열의 심화 속에서 사회변혁의 동력을 잃고 있다는 분석이 설득력을 얻고 있다. 이른바 후기 자본주의의 굴레에서 속박되어 물신화되고 정치의식에서는 분열된 노동자·농민의 계급의식 상황을 직시한다면, 윤중호 시에서 건강한 노동계급의 부재는 그 나름으로 노동계급이 처한 부정적인 실상과 함께 근대적 의미의 '진보주의'를 앞세우는 지식인들의 변혁 의식이 지닌 한계를 반어적으로 반영한다고 해석할 수 있다. 다시 말해, 시「영목에서」는 이미 옛날이 되어버린 '근대의 산업화 시기'에나 역사적 현실성을 갖던 '노동계급'의 진보적 의식이 오늘날 사실상 한계에 부딪혔지만, 여전히 근대적 진보주의를 표방하는 지식인들의 허위의식을 비판하는 시로 해석될 수 있다.

참고로, 윤중호는 전통적 '두레'가 지닌 공동체적 삶의 의미와 가치를 소중히 여기고 '두레 정신'을 오늘날에도 한국 사회가 배우고 전승해야 할 공동체적 삶의 가치로서 높이 평가하고 그 자신의 삶에서 실천하려고 애썼다. 이는 윤중호가 사람들 간의 바람직한 사회적 관계를 사람과 자연 간의 원융圓融한 관계 속에서 이해하는 생태학적 관점에서 찾았음을 넌지시 알려준다. 윤중호가 꿈꾼 '마을 공동체'는 계급의식의 관점이 아니라 '자연 생태의 일부로서 사람들 간의 공동체' 관점에서 접근했다는 뜻이기도 하다.

자연의 비유에는 시인과 자연이 주객主客이나 내외內外가 따로 없이 한 기운으로 감응하고 소통하고 있다는 점.

　　　대천 뱃길 끊긴 영목에서 보면, 서해바다 통째로 하늘
　　　을 보듬고 서서 토해내는 그리운 노을을 가르며 날아가
　　　는 갈매기.

　　　아무것도 이룬 바 없으나, 흔적 없어 아름다운 사람의 길,
　　　어두워질수록 더욱 또렷해.

　　서해 바다로 뱃길이 열리는 영목항에서 "그리운 노을을 가르며 날아가는 갈매기"를 보고서 시인 윤중호는 "아무것도 이룬 바 없으나, 흔적 없어 아름다운 사람의 길"을 떠올린다. 이 바다 위를 나는 갈매기의 비유에는 무산無産과 무소유無所有의 삶을 긍정하고 기꺼이 수락하는 정신의 정당성이 담겨 있다. 이 시구에서 무산과 무소유는 서로 별개의 개념인 채 동시에 떠오르는데, 그 까닭은, 무산은 시인이 "아무것도 이룬 바 없"는 삶의 현실이라면 무소유는 시인이 이룬 "흔적 없어 아름다운" 정신이기 때문이다. 무산이 사회경제적 개념에 가깝다면 무소유는 불가적 개념에 가깝다. "아무것도 이룬 바 없으나, 흔적 없어 아름다운 사람의 길"이라는 시구에서 산과 무소유라는 다소 이질적 두 의미들이 합일을 이루는 것이다. 이는 세상을 바라보는 시인 윤중호의 눈에는 무상 또는 덧없음의 불가적 세계관이 깊이 작

동하고 있다는 뜻이기도 하다.[3]

   또한, 시의 마지막 두 연에 쓰인 '자연의 비유'에서, 소위 인간과 자연, 과학과 원시를 나누고 대립시켜온 근대적 이성, 그리고 과학에 의한 원시의 파괴와 착취를 정당화해온 '근대인 감수성'은 사라진다. 영혼은 근대인의 합리적 '이성'이나 '과학'과는 다른 것이다. 시인은 자기의 안과 밖 또는 주관과 객관 간의 감응을 통한 한 기운(一氣)의 소통을 표현함으로써 영혼의 존재와 작용을 여실히 보여주는 것이다. "대천 뱃길 끊긴 영목에서 보면, 서해바다 통째로 하늘을 보듬고 서서 토해내는 그리운 노을을 가르며 날아가는 갈매기." 윤중호는 자기 안의 지극한 기운(內有神靈)이 자기 밖의 자연을 접하는 순간(外有氣化)에 드러나는 영혼의 움직임을 드러낸다. 무릇 영감靈感의 시 쓰기. 이러한 시 쓰기는 인간과 자연을 서로 대립물로 보고 삶에서 원시의 감수성을 상실한 근대인적 감각과는 거리가 먼 것이다.

   시인 윤중호는 근대적 이성·과학·이념 따위에 저항하고 거부함으로써 근대적 시학의 구속에서 벗어나 '자기Selbst'의 근원을 찾았고 이와 더불어 어디에도 구속되지 않는 무애無碍한 '자기만의' 시 세계를 펼친 것이다. 이 드물고 귀한 시 쓰기를 시 「영목에서」는 은밀하게, 그리고 분명하게 보여준다.

---

3 '유역문학론'의 관점에서 보면, 이러한 세속적 삶의 세계를 심층적으로 보는 근원적 시선은 보살의식菩薩意識에 비유될 수 있고, 이러한 시의 그늘에 감추어진 근원성으로서 보살의식과 보살행은 윤중호의 시 정신에 '은폐된 자아'로서 이해될 수 있다.

2. '엄니'의 시·'자연'의 시

　문학 작품에서 드러나는 '근대성'의 주요 내용이나 특징들은 이미 잘 알려져 있다. 다 알다시피, 사회경제적으로 '근대성'은 산업화·도시화와 함께 탈농촌화의 역사적 단계와 사회정치적으로 합리적 이성에 기초한 '시민의식'의 성립과 서로 뗄 수 없는 관계에 있다.

　윤중호의 시 세계와 연관성에서 보면, 문학의 근대성을 가리키는 주요 표지로 '탈농촌 도시화'와 '표준어' 문제를 먼저 꼽을 수 있다. 탈농촌 도시화가 근대성을 연구하는 역사적으로 확실한 일반론적 범주인 데 반해, 표준어 문제는 근대 언어학으로 환원될 수 없는 언어학의 특수한 범주에 속하는 문제이다. 근대 언어학의 표준 의식을 비판하기 위해서는 심층적이고 복합적인 언어 의식의 여러 문제들과 맞닥뜨려야 한다. 이 글에서는 '일반 언어' 문제는 차치하고 '문학 언어' 문제에 국한하여 윤중호 시에 대한 비평을 몇 걸음 더 내딛고자 한다.

　'근대적' 문학 언어는, 근대 자본주의의 도시 문명과 개인주의, 합리적 이성에 근거한 규율화된 문법, 특히 문어文語 구문 중심의 '표준문법'에 지배되어 있다. 이러한 근대 합리적 문법의 여러 조건들은 윤중호의 시 의식이 생래적으로 지닌 '충청도식 느린 말투나 언어 의식'과도 전혀 어울릴 수 없을 뿐 아니라 그의 시가 고수해온 '비근대적' 감성과도 외려 대치되는 것이었다.

　충청도 영동의 시골 마을 출신 시인 윤중호는 '근대인'의 근원적 고독과 방황을 경험적으로 알고 있었다. 고향인 시골을 떠나 도시로 이동할 수밖에 없는 '근대인'의 고독과 실향 의식은 다름 아닌 시인의 운명이었다. 윤중호는 자신의 실향을 통해 '근대인'이 지닐 수밖에 없는 근원적 실향 의식과 소외 의식을 체험적으로 실감하고 있었다. 물론 이때 시인이 잃어버린 고향은 가난에 찌든 고향이며 돌아갈 수 없을 만큼 황폐해진 고향이다. 윤중호 시에서 비극적인 고향 의식을 드러내는 시들 중에는 이런 시가 있다.

> 흙바람벽에 기대어
> 빨간 웃통 드러낸 채
> 누더기에서 이를 잡고 있는
> 늙은 거지의 희미한 미소.
>
> ―「고향, 또는 늦봄 오후」 전문

시의 화자persona는 늦봄 오후 늙은 거지가 흙벽에 기대어 빨간 웃통을 드러낸 채 누더기에서 이를 잡는 모습을 포착한다. 이 시에서 '늙은 거지'에 대한 객관적 서사는 짧고도 강렬한 인상을 준다. 늙은 거지를 통해 쇠락한 고향과 소외된 가난한 고향 주민이 처한 참담한 현실을 사진 찍듯이 보여주어, 이미 가난에 찌든 고향의 황폐한 상황을 에둘러 전한다.

그럼에도 이 시에서 놓쳐선 안 되는 이면이 있다. 표면적으로 고난과 가난의 삶을 살아가는 고향 사람의 비극적 삶을 극적이고 사실적으로 보여주고 있음에도, 이면적으로 윤중호 시가 지닌 '무상無常한' 인생관과 짝을 이룬, 특유의 비범한 시 의식을 명료하게 드러낸다. 시적 화자가 포착한 '이를 잡고 있는 늙은 거지의 희미한 미소'는 황폐해진 고향과 더불어 덧없는 삶을 비유한다. 그러나 덧없음[無常]이 삶의 진리라고 해도 그 진리 그대로 '시詩'가 되는 것은 아니다. 가령, 인용 시에서 고향의 늙은 거지 모습에서 느끼는 '덧없음'이 어떻게 윤중호 특유의 '시'라는 '존재', 즉 '시적 존재'로 변화하는가를 이해하는 것이 중요하다.

이 시의 경우, '덧없음'이 윤중호 특유의 '詩'로 변화하는 계기는 예의 시구 '희미한 미소'이다. '희미한 미소'는 삶의 덧없음 속에서 늙은 거지의 황폐한 삶에 생기를 부여한다. 시인 특유의 시선이 작동하는 순간, 늙은 거지는 생기를 머금은 존재가 된다. 여기서 주목할 것은 늙은 거지가 생기로운 존재가 된다는 것 그 자체로 이 시가 기운생동氣韻生動하는 '시적 존재'로 변한다는 점이다. 그러니까 촌철살인의 시구 '희미한 미소'는 시의 내부에 신령한 기운을 주고 기운이 주어지니 시 스스로가 생동하는 존재가 되는 것이다. 이때 '희미한 미소'라는 기운생동하는 시구는 시인 윤중호의 덧없음[無常·虛無·一切皆空]의 세계관에서 나오며, 그 덧없음의 허무 의식은 부정적 허무주의가 아니라 천지간의 뭇 존재들을 차별 없이 긍정하는 대승적 시 정신의 표현이라는 점을 이해해야 한다. 여기서 윤중호 시가 지닌 덧없음의 세계관이 모든 삶에 대한 깊은 연민과 긍정과 살림(生生)의 인생관과 하나를 이루고 있으며, 이런 깊이 숙성된 살림의

시 의식이 가령, 시「시래기」같이 속 깊은 사랑의 시편을 낳게
됨을 보게 된다.

> 곰삭은 흙벽에 매달려
> 찬바람에 물기 죄다 지우고
> 배배 말라가면서
> 그저, 한겨울 따뜻한 죽 한 그릇 될 수 있다면…….
>
> ―「시래기」전문

　근대성의 일반적 현상인 탈농촌·도시화 문제는 윤중호의 초
기 시 이래로 늘상 시 의식의 뿌리에 들러붙은 난치병이었다. 또
한 이 고향 상실의 고통에는 시인의 '엄니'가 자리한다. 『시전
집』에는 눈가에 맺힌 눈물이 밤하늘 별빛으로 영롱이는 한국문
학사적 걸작이 있는데, 시인의 절절한 효심과 거룩한 빈자貧者
의식과 고향 상실 의식 그리고 특유의 덧없음[無常·虛無·空虛]
의 세계관이 절묘하게 어우러져 '시적 존재'로 승화된 절창「詩」.
　모름지기 근대 이후 시인은 고향을 잃어버리고 고향에서 소
외된 존재이다. 자연과 조화로운 고향을 상실하고 문명이 지배
하는 도시에 내던져진 시인의 삶은 늘 불안과 방황을 견딜 수밖
에 없다. 청년기에 대처로 나가 학교를 다니고 대학을 마친 후
서울의 변두리에 옮겨 살게 된 시인 윤중호도 고향을 떠난 삶의
불안과 고독과 방황을 피할 수 없었다. 고달픈 서울 생활 중에
서도 시인은 자신이 태어난 고향을 한시라도 잊지 못했다. 무엇

보다 근대화의 거친 시간 속에서 갈수록 궁핍·황폐해지는 고향 마을을 곤고히 지키고 계시는 '엄니'의 안위가 늘 걱정거리였을 것이다. 윤중호에게 '엄니'는 고향의 표상, 혹은 고향 상실의 표상 그 자체이다.

　　외갓집이 있는 구 장터에서 오 리쯤 떨어진 九美집 행랑채에서 어린 아우와 접방살이를 하시던 엄니가, 아플 틈도 없이 한 달에 한 켤레씩 신발이 다 해지게 걸어다녔다는 그 막막한 행상길.
　　입술이 바짝 탄 하루가 터덜터덜 돌아와 잠드는 낮은 집 지붕에는 어정스럽게도 수세미꽃이 노랗게 피었습니다.
　　강 안개 뭉구는 이른 봄 새벽부터, 그림자도 길도 얼어버린 겨울 그믐밤까지, 끝없이 내빼는 신작로를, 무슨 신명으로 질수심이 걸어서, 이제는 겨울바람에, 홀로 센 머리를 날리는 우리 엄니의 모진 세월.

　　덧없어, 참 덧없어서 눈물겹게 아름다운 지친 행상길.
　　　　　　　　　　　　　　　　　　　　　　　—「詩」전문

　우리 시문학사에서 시인이 자기의 근원인 어머니를 소재로 삼은 시편들은 많다. 그 시편들 대부분은 어머니의 험난한 생애와 깊은 모성애, 그러한 신산스런 어머니의 삶을 그저 지켜볼

수밖에 없는 불효자의 사모곡思母曲이라 할 수 있다. 특히 1980
년대 이래엔 현실 속에서 고통받는 '민중적 삶'의 비유이자 가
난과 고난을 이겨내는 삶의 지혜를 상징하는 어머니상像을 그
린 시편들이 주류를 이루었다.

그러나 시인 윤중호의 '엄니'를 다룬 인용 시「詩」는 여타 '어
머니 시'들과는 사뭇 다른 시적 특성이 있다. 물론 이「詩」에는
고향의 설움이 있고 '엄니'의 모진 삶이 있고 슬픔을 다독이는
시인의 절규가 있다. 하지만, '엄니'의 고난과 고향의 황폐와 시
인의 고통이 다가 아니다.

이「詩」의 심층 차원을 이해하기 위해서는 이 시가 품고 있는
두 가지 시적 특성을 이해해야 한다. 하나는, 시인이 엄니의 모
진 삶을 객관화시키고 난 후에 '詩'라고 규정한 점. 다른 하나는,
시인의 '덧없음'의 철학이 깊이 작용하고 있는 점.

먼저, 시인이 이 시를 가리켜 '詩'라는 이름을 붙이면서 이 시
는 '詩'라는 이름의 고유한 존재성을 갖게 된다. 곧 '시'라는 이름
의 '시적 존재'가 되는 것이다. 시적 존재가 된다는 것은 이 시가
보여주는 시인의 슬픔, 설움, 안타까움은 시인의 파토스일 뿐, 시
인과 '詩' 사이에는 일정한 존재론적 거리가 있다는 뜻이다. 이
시와 시인 간의 존재론적인 거리를 갖게 하는 시 정신은 이 시의
'덧없음'[無常·空]이라는 근원적 세계관에서 찾아질 수 있다.

이 덧없음의 철학은 윤중호의 시가 품고 있는 시적 사유의 원
천이라는 점에서 중요하다. 요컨대 '엄니'의 삶에 대한 비극적
인식이 '덧없음'을 부르고, 이 덧없음의 각성이 엄니의 고난스

런 삶을 정화淨化하고 비극적 의식을 승화昇化하는 '시적 존재'를 낳고 있는 것이다. 윤중호는 이 덧없음의 철저한 체득에 이르러 어머니의 삶을 끊임없이 변화하고 순환하는 생명계의 무상함의 시선에서 보고서 이 덧없음의 도저한 시선을 '시'의 존재론으로서 터득한 것이다. 삶을 무상함의 시선으로 '보게' 되었으므로, 어머니의 모진 삶도 "덧없어 참 덧없"는 변화 속의 허상에 지나지 않기에, 고착된 사상事象이나 객관적인 상관물로서 인식되어온 시詩란 것도 결국 무상함 속의 허상에 불과한 것이 된다. 시인의 고향인 '엄니'의 삶이 덧없음이라면, 덧없음은 '시'의 고향이다. 그러므로 이 '덧없음'이야말로 '詩'라 부를 수 있지 않은가. 또는 이 덧없음이야말로 '시적 존재'라 말할 수 있지 않은가. 그러니, 시인의 애처로운 마음이 엄니의 모진 삶에 머물러 있다손 치더라도, 이 불행한 인식에서 벗어나 있는 '시적 존재'는 오히려 엄니의 모진 삶을 정화하는 시적 역설을 빚어내는 것이다. 이「詩」에서 '시'가 덧없음의 '시적 존재'가 됨으로써, 시는 저 스스로 고유한 '맑고 밝은 기운'으로 기화氣化하여 엄니의 불행조차 이 '밝음'의 기운에 감응하게 되는 것이다.[4]

그러나 윤중호가 엄니의 모진 삶을 '시'라 부른 사연이 생의 덧없음을 깨우친 데 있다고 해석하더라도, 이 '덧없음의 시'가 지닌 '알 수 없는 힘'의 작용에 대해 논해야 한다. 시가 지닌 묘력은 단순히 일반론적인 의미에서 시의 기능인 어떤 '정서적 힘'을 가리키는 것이 아니다. 엄니의 모진 삶을 이야기하는 이「詩」는 강한 연민의 정서를 불러일으키지만, 연민의 정서는 이

내 자기 정화淨化의 힘으로 변하게 된다는 점에 유의해야 한다. 그렇다면, 이 정화의 힘은 이「詩」가 지닌 알 수 없는 조화의 힘 혹은 신령한 기운의 작용에서 나오는 힘이 아닌가. 속 깊은 독자의 마음은「詩」를 읽고, 엄니의 모진 삶을 구원하는 초월적 힘의 존재를 감지한다! 이는 이「詩」가 저 스스로 신령한 힘을 불러온다는 것을 가리킨다.[5]

그래서「詩」는 시가 엄니의 모진 삶을 정화하고 구원할 뿐 아니라, 시인이 낳은 시가 거꾸로 시인의 삶도 정화하고 구원하는 힘을 행사하게 된다. 정녕 그렇다면, 어떻게 시인이 쓴 시가 역설적으로 시인을 정화하는, 신기한 시적 존재로 바뀔 수 있는가. 이 의문은 시학의 문제로서 중요하고 의미심장하다. 간략하게나마 이렇게 추론할 수 있다.

4 　이 비평 대목은, '유역문학론'이 지향하는 '창조적 유기체'로서의 '詩'(시적 존재)를 논하는 지점이다. 특히 동학의 핵심 개념인 '侍天主 造化定'에서 맨 앞 글자인 '侍'에 대한 水雲 선생의 풀이(內有神靈 外有氣化 一世之人 各知不移)에 따라, 윤중호의 시「詩」는 시의 안에서 至氣(한울님)에 이르러 그 신령함[內有神靈]이 '밝음'으로 드러난다. 혹은, '밝음'으로 生起한다·생겨난다[外有氣化]는 것으로 해석한다.
이와 별도로, 「대학」, 「중용」등 유가 철학에서 말하는 '밝음'을 참고할 필요가 있다. 이「詩」에서 시적 존재가 드러내는 '밝음'은, 하늘의 '밝은 덕(明德)'[天性]을 '밝히는'(明明德) 성실[誠·孝誠]의 경지를 떠올릴 필요가 있다. 이러한 여러 해석의 가능성을 참고하더라도, 이「詩」의 예에서 보듯 간과해서는 아니 될 것은 시인 윤중호의 시 창작은 근본적으로 '저 스스로 그러함[自然]'의 無爲而化에 충실하다는 점이다.

5 　'유역문학론'의 관점에서, 우주적 존재로서의 생명력을 품은 시, 혹은 우주적 연속성의 표현으로서 생명의 리듬을 지닌 시, 곧 우주 자연의 근원성에 연결된 시는, 우주적 '시적 존재'로서 시의 '자기-안'의 신령한 기운과 이에 서로 감응하는 자기-밖의 기운과 소통·교류한다(內有神靈 外有氣化). 이 자기 안과 자기 밖이 유기적으로 서로 감응·소통하는 시를 '창조적 유기체'로서 시 혹은 '시적 존재'('시적 존재의 生起')라고 이름 붙인 바 있다. 졸고「유역문학론 2」(『영화가 있는 문학의오늘』, 2019, 겨울호) 참고.

시가 엄니의 모진 삶을 인식하는 차원을 넘어, 정화를 이끄는 시적 능력을 지닌 존재가 되는 것은 시가 스스로 정화의 기운을 가진 '시적 존재'로 생기生起할 수 있어야 가능하다. 시 스스로 가 '시적 존재'로 생기한다는 것은 저 스스로 생멸하는 자연처 럼 무위이화無爲而化하는 가운데 '생겨난다'는 뜻이다. 곧 무위 자연에 따르는 시 쓰기. 이 말을 존재론적으로 풀이하면, 시인 이 낳은 '시'는 세계 내에 '내던져진 존재'로서 자기만의 '본래 적eigentlich 실존'을 살게 된다는 것이다. 이 '시의 고유한 본래적 실존'이 시인과 독자에게 드러나는 '시적 존재'이다(이 '시적 존 재'가 본래적이고 근원적인 시성詩性이다).[6]

인위적으로 만들어진 사태나 사물이 아니라 시詩는 시인이 삶 속에서 자연自然(저 스스로 그러함)의 원리를 깊이 터득하는 가운데 시인 자신과 독자에게 '시적 존재'로서 '밝혀지는' 것이 다. 그러니 윤중호의 「詩」는 시인이 체득한 삶의 '덧없음'과 험 난한 엄니의 삶을 향한 지극한 효성이 서로 합쳐짐에 따라 저절 로 곧, 무위이화로서 얻게 된 '시적 존재'이다. 시인은 무위이화 로서 낳게 된 '시적 존재'를 통해 자신을 낳은 엄니를 구원하고, 동시에 자신이 낳은 시적 존재를 통해 시인 자신도 구원받을 수 있는 것이다.[7]

윤중호의 모든 시에는 시인의 자기 본성을 비추는 언어와 자 기만의 고유한 언문일치가 있다. 이 「詩」에서처럼 윤중호의 시 가 저 스스로 '시적 존재'로의 변화를 이루게 된 언어적 계기는

---

6 하이데거의 존재론으로 보면, 시적 존재는 '본래적 실존'으로서 詩를 가리킨다.

고유한 화용話用 속에 있다. 시어들이 표준어와 표준화된 문법에는 아랑곳하지 않는 듯한, 시인의 몸에 밴 고유한 방언과 사투리, 자기 본성을 밝히는 구어체의 화용. 다시 말해 윤중호의 '개인 방언' 자체가 시인의 은폐된 본성이며, '본래적 실존'인 것이다. 그러므로, 「詩」에서 '은폐된 시적 존재'는 시인의 고유한 언문일치의 시문詩文 이면에서 '들리지 않는' 목소리의 '들림' 속에서 드러난다. 「詩」의 언어들, 가령 '엄니', '九美집', '접방살이', '어정스럽게', '무슨 신명으로' '질수심이 걸어서' 등 시어와 시문이 빚어내는 생생한 언문일치의 화용 속에서 은밀하게 일어나는 오묘한 기운생동은 그 자체로 이 시 「詩」가 지닌 고유한 실존을 스스로 드러내는 것이다. M. 하이데거가 말한, "언어가 (스스로) 말한다." 또는 "언어를 언어로서 언어로 데려온다." 라는 언어에 대한 존재론적 명제를 떠올리게 하는 것이다.

---

7   문학을 문학이게 만드는 근본 형식으로서, 형식주의에서 흔히 말하는 '낯설게 하기'를 통한 '문학적인 것', '시적인 것', '시성詩性'과는 다른 차원·다른 범주에서 이 문제는 다루어져야 한다. '낯설게 하기'의 미적 '형식'으로서 '시적인 것'과는 다른 철학적·미학적 범주로서 '시적 존재'로, 곧 (예술의) 존재론적인 범주 설정이 필요하다.
뒤에서 재론하겠지만, 언어에 대한 존재론적 명제로서, "언어가 말한다." 또는 "언어를 언어로서 언어로 데려온다."(하이데거, 「언어」)에서 알 수 있듯이, '언어(시)는 스스로 존재한다'는 점. 언어의 존재론을 비유하자면, '시가 말한다.' '시를 시로서 시로 데려온다.'라고 말할 수도 있다.
윤중호의 절창 「詩」는 독자의 깊은 마음 혹은 심안心眼이 서로 만날 때 하나의 '시적 존재'로서 생기生起하고 실존한다. 삶의 세계 안에 내던져진 '시적 존재'가 읽는 이의 마음 깊이에서 만나 더불어 '실존하는 시간', '詩'는 문득 시의 소재인 '엄니의 모진 삶'을 정화하고 구원하는 '시적 존재'로 홀연히 화생化生하는 것이다. 이 경이로운 시적 존재와의 만남의 순간은, 마치 더러운 세속에서 연꽃이 피어나는 순간처럼, 시가 시인과 엄니를 동시에 정화하는, 마치 귀신의 조화造化 같은 존재론적 사태가 벌어지는 것이다.

만약 표준어와 규칙화된 '표준' 문법에 얽매였다면, 시인의 마음에 가득한 지극함(至氣)을 표현하기에는 턱없이 부족했거나 미흡했을 것이 자명하다. 무엇보다도 시인 윤중호의 천부적 본성[性]의 맑은 '밝힘'이 어려웠을 것이다. 기본적으로 무위자연이 낳는 시의 맑고 밝은 본성의 드러남과 그 본성의 생기로운 발산은 자연어自然語인 방언-사투리 의식과 함께 일상적 구어口語투가 서로 잘 어울린 시인 고유의 언문일치의 언어 의식과 밀접한 연관성을 가지며, 인위적이거나 인공적인 표준어에 집착하는 표준어-문법주의와는 거리가 멀어진다. 시 창작에서의 표준어 집착은 근대적 언어 의식의 잔해로서 자연의 조화와 기운의 생동을 표현하기에는 근본적인 한계를 가지고 있는 것이다.

이렇게 본다면, 명편「詩」는 윤중호의 시가 깊이 품고 있는 덧없음의 세계관 그리고 그만의 고유한 시 창작 원리를 단적으로 보여주는 매우 특별한 작품이라 할 수 있다.

3. 윤중호의 시「詩」에서 시어와 존재,
언문일치와 탈-표준어주의

도시와 문명과 생산력을 신봉해온 근대성의 이념들은 지구의 자연 생태를 무자비하게 착취해왔다. 아울러 야생의 원리가 작동하던 시골의 공동체적 촌락은 물론 인간 삶의 원천인 농촌을 마구 파괴해 사지로 내몬 지도 오래다. 자본주의적 근대는 기후 변화를 가속화하고 전 지구적 생태 환경을 오염시키고 파괴하더니 마침내 알 수 없는 전염병의 대유행을 초래하였다. 아직 원인과 처방을 찾지 못한 코로나19 팬데믹은 인간을 포함한 만물을 에너지 자원으로 보고 이를 효율적으로 착취하기 위해 계산하고 표준화하는 근대 자본주의가 낳은 불가피한 비극이다. 야생의 자연에 대한 근대적 합리성의 무참한 폭력과 파괴가 끊이지 않는 이 물질 만능 시대에 과연 시는 무엇이고 무엇을 할 수 있는가. 무릇 이성적 계측과 기술적 표준을 숭배하고 실용성과 편리성만을 쫓는 근대인의 시각에서 보면, 인간의 언어 생활에서 표준어주의는 당연한 선택이다. 하지만 근대적 교육제도나 출판 언론 등 각종 제도를 통해서 표준어주의가 지배하게 되면서 결국 문학 언어도 언어의 자기 본성을 잃고 점차 표준어주의에 지배당하고 만다. 한국문학의 경우, 서구 근대성을 추수하는데 급급한 소위 '4·19세대의 문학'은 음으로 양으로 박정희 독재정권의 강제적 산업화 정책과 짝을 이룬 표준어주의 언어정책에 동참했다. 표준어주의가 반세기가 넘도록 전횡적으로 '문학 언어'를 지배한 탓에, 오늘의 한국문학이 보여주는 언어 의식은 여전히 비민주적이고 비정상적인 상태에 머물러 있다.

　문학 언어에서 심각한 문제는 합리적 국어 체계를 구축해야 할 역사적 요구로서 근대적인 '표준어' 자체에 있는 것이 아니라, 그 '표준어'가 전횡적 권력들의 지배 속에서 사실상 강제되었다는 점에 있다.

　윤중호의 시는 1960~1970년대 이른바 '산업화 시대'를 거치면서 오늘에 이르기까지 한국문학을 강제하던 문학 언어의 표준어주의에서 이탈한다. 탈-표준어주의 시의 모범을 드러낸 것이다. 하지만 중요한 비평적 논점은 시에서 탈-표준어주의가 단순히 방언과 사투리의 사용에 한정되지 않는다는 점이다. 적어도 시의 탈-표준어주의는 기본적으로 다음 네 가지의 범주를 숙고해야 한다.

(1) 탈-표준어주의는, 방언과 사투리에 집착하지 않는다. 시인은 잃어버린 자기 근원성을 회복하기 위해 고향 말로서 사투리와 방언을 찾는다. 이때 시인이 사용한 방언과 사투리는 '지역 방언'의 성격과 함께 시인 고유의 '개인 방언'의 성격을 함께 지니게 된다.

(2) 탈-표준어주의는, 민족주의나 전근대의 향수에서 나오는 언어의 순혈주의 또는 순수주의를 경계해야 한다: 탈-표준어주의는 '우리말 지키기(쓰기)'와 별개의 영역이다.

(3) 탈-표준어주의는, 자연(저 스스로 그러함)의 진리를 따른다: 시인이 자기를 갈고닦아 '무위이화無爲而化의 덕德'을 터득한 언어를 시의 기본 질료로 삼는다.

(4) 탈-표준어주의는, 언어의 존재론에서 비로소 이해될 수 있다: 언어의 존재를 숙고함으로써 시인의 존재와 시의 존재를 밝히는 것이 시 혹은 시적 존재에게 중요하다.

방금 제시한 탈-표준어주의 명제들 중에서 (4)는 약간의 부연 설명이 필요하다. '언어는 존재의 집'이듯이, 표준어주의는 표준화된 세계나 사물의 일반적 의미만을 보여줄 뿐, 세계 내의 사물에 보이지 않는 존재의 본성과는 단절되어 있다. 다시 말해 표준어주의는 언어에 감추어진 본래성 혹은 본성이 드러나는 것을 가로막는다. 시에서의 탈-표준어주의는 언어에 은폐된 존재의 본성을 드러내는 '존재론적 경이'를 경험하도록 인도한다. 언어의 존재론에 관한 한 예를 들자. 가령, 김수영의 명시 「눈」(1957)에서 시 1연에 "눈은 살아있다/떨어진 눈은 살아있다/마당 위에 떨어진 눈은 살아있다"에서, '떨어진 눈' 같은 시구, 그리고 백석의 시 「나와 나타샤와 흰당나귀」(1938)에 나오는 "눈은 푹푹 나리고" "눈은 푹푹 쌓이고"같이 수차례나 반복되는 '눈'에 대한 언어 표현 속에는 시인의 존재론적 시각이 암암리에 작용하고 이 작용력이 시의 존재론으로 이어진다고 볼 수 있다. 이 두 시편에서 언어의 존재론이 작용하는 시구는 시의 의미론적 흐름에서 '은미한 이탈'이 발생하는 지점들이다. 그 예가 김수영의 「눈」에서는 '떨어진 눈'이고 백석의 「나와 나타샤와 흰당나귀」에서는 "눈은 푹푹 나리고"의 '푹푹'이라는 부사어이다. 이 '떨어진 눈'과 '눈은 푹푹 쌓이고, 푹푹 나리고'는 탈문법적이고 탈-표준어주의적 언어 의식의 반영이다. 이 탈-표준문법이 사용된 시문은 시의 '존재' 지평에서 비로소 이해될 수 있다.[8]

걸출한 시인 김수영의 명편 「눈」의 경우, '눈'의 일반적 표준문법에 따라서 '내리는 눈'이라 쓰지 않고서 '떨어진 눈'이라 쓴 것은 '눈'에 은폐된 존재의 본성을 드러내는 언어의 존재론과 관련이 있다. 일반적 사물인 '눈'에 은닉된 존재의 본성을 탈-표준문법으로서 드러내는 것이다. 여기서 근본적으로 탈-표준어주의의 시가 지향하는 '시적 존재'의 드러냄의 예를 볼 수 있다. '내린 눈'에서 "떨어진 눈"으로의 탈-표준문법적 변이는 눈[雪]에서 시인의 눈[眼]이 드러나는 존재론적으로 경이로운 사태가 일어나게 된다.[9] 정확히 말하면, 시구 '떨어진 눈'에서 시어 '떨어진'과 '눈은 푹푹 나린다'에서 '푹푹'은 탈-표준어주의

---

8 문학평론가 이영준 교수가 엮은 『김수영 전집 1―시』(2018)에는 제목이 「눈」인 시가 모두 세 편 수록되어 있다. 각각 1957, 1961, 1966년 작이다. 이 세 편 모두 존재론 차원에서 해석될 수 있다. 여기에 인용한 「눈」은 1957년 작이다. 미루어 보건대, 「눈」을 세 편씩이나 쓴 것은 그만큼 김수영이 '눈'에 빗대어 시의 존재 차원을 이해하고 시 쓰기를 실천하였다고 볼 수 있다. 시학 차원에서 '눈'이라는 '언어'의 존재론을 통해, '눈'에 은폐된 근원적이고 특별한 존재성에 깊은 시적 사유를 진행한 것이다. 이 글에서 인용한 김수영의 시 「눈」의 전문과 백석의 유명한 시 「나와 나타샤와 흰당나귀」의 전문(1938)은 다음과 같다.

"눈은 살아있다/떨어진 눈은 살아있다/마당 위에 떨어진 눈은 살아있다//기침을 하자/젊은 시인이여 기침을 하자/눈 위에 대고 기침을 하자/눈더러 보라고 마음 놓고 마음 놓고/기침을 하자//눈은 살아있다/죽음을 잊어버린 영혼과 육체를 위하여/눈은 새벽이 지나도록 살아있다//기침을 하자/젊은 시인이여 기침을 하자/눈을 바라보며/밤새도록 고인 가슴의 가래라도/마음껏 뱉자"

"가난한 내가/아름다운 나타샤를 사랑해서/오늘밤은 푹푹 눈이 나린다//나타샤를 사랑은 하고/눈은 푹푹 날리고/나는 혼자 쓸쓸히 앉어 소주를 마신다/소주를 마시며 생각한다/나타샤와 나는/눈이 푹푹 쌓이는 밤 흰당나귀 타고/산골로 가자 출출이 우는 깊은 산골로 가 마가리에 살자//눈은 푹푹 나리고/나는 나타샤를 생각하고/나타샤가 아니올 리 없다/언제 벌써 내 속에 고조곤히 와 이야기한다/산골로 가는 것은 세상한테 지는 것이 아니다/세상 같은 건 더러워 버리는 것이다//눈은 푹푹 나리고/아름다운 나타샤는 나를 사랑하고/어데서 흰당나귀도 오늘밤이 좋아서 응앙응앙 울 것이다"

9 물론, "눈[雪]에서 시인의 눈[眼]이 드러나는⋯⋯"에서 동음이의어 눈(眼, 혹은 詩眼)은 존재자 눈[雪]이 드러낼 수 있는 많은 '존재 가능성'들 중 하나이다.

에 의한 시의 존재 가능성을 개시하는 것이다.

김수영의 시「눈」에서 '떨어진 눈[雪]'이 시인의 '밝은 눈[眼]'으로 존재론적인 변이를 일으키고, 백석의 시「나와 나타샤와 힌당나귀」에서 '푹푹'이라는 '근원적 소리 언어(청각적 근원 언어)'를 통해 '눈[雪]'이라는 사물 속에 '존재'의 감추어진 본성, 즉 '지상에 내리는 눈[雪]에 은폐된 천상적 존재(근원, 본성 또는 神적인 것)'를 드러내는 것이다. 김수영의「눈」이나 백석의「나와 나타샤와 힌당나귀」에서 주술呪術의 형식처럼 특정 시구가 되풀이되는 까닭은 우선 여기에 있는데, 시어 "떨어진 눈은 살아있다"와 "눈은 푹푹 나리고"의 반복은, 두 시 속에 은폐된 '시적 존재'의 본성을 드러내는(탈은폐하는!) 현존재의 방법론이라 할 수 있다. 이 탈-표준문법적 시어들의 반복을 통해 '객관적인 상관물'로서 일반적인 시 속에 은폐된 '시적 존재(詩性)'가 마침내 스스로를 드러내는 독특한 시의 존재론적 지평이 펼쳐진다. 그러므로, 김수영의「눈」에서 반복되는 '떨어진 눈은 살아 있다'와 백석의 시에서 반복되는 "눈은 푹푹 나리고"란 시어들은 '존재 지향적' 언어라고 말할 수 있다.

앞서 '2. '엄니'의 시·'자연'의 시'에서 분석한 윤중호의 시「詩」에 쓰인 고향 사투리와 방언들도 위의 (1)~(4)에 두루 적용된다. 윤중호의 시에서 사투리와 방언은 그 자체가 무위이화에 따르는 '자연'의 언어이면서, 아울러 시인과 시 모두에게 은폐된 '존재'의 본성을 드러내는 존재의 언어로서 이해될 수 있다. 이는 "언어가 말한다, 언어를 언어로서 언어로 데려온다."는 언어의 존재론과 통한다. 다시 말해, 시에서 탈-표준어주의의 언어와 존재는 서로 상통하는 바가 있다. 손쉬운 예로, 윤중호의 「詩」에서 비표준어인 '엄니'는 자연의 언어이자, 표준어인 '어머니'와는 달리 '근원적 존재'가 은폐되어 있는 방언이다. '엄니'에서의 '엄'(eme)은, '엄지(손가락)'에 그 형태가 남아 있듯이, '근본', '으뜸'의 뜻을 지닌 채 먼 옛날 북방(몽고, 만주)에서 유래된 소리글자로서 엄(어근)과 이(접미사)로 이루어진 '엄니'는 '어머니의 방언형. 오랜 세월을 전해오는 유전자처럼 청각적 원형이 담겨 있는 시어 '엄니'는 언어의 고유한 본성이 은닉된 언어로서, 언어에 은폐된 근원적 존재의 부름을 통해 시의 본래적 존재로의 열림의 가능성이 내포되어 있다.

한편, 윤중호의 시에서 느끼게 되는 소박함은 시 쓰기가 시인의 꾸밈없는 '자연(저 스스로 그러함)'의 언어를 따르는 데에서 나온다. 시인은 자기 언어가 자연을 따르도록 '나'의 안을 바르게 닦는 것이다. 근본적으로 자연을 따르는 시는 소박함 혹은 투박함을 드러낸다. 또한 서사시 『금강』을 쓴 대시인 신동엽의 시 정신도 억압받는 인민들의 삶을 향한 진정한 해방의 언어를 '자연의 투박함'을 따르는 언어 의식 속에서 찾았다는 점에서 윤중호의 시 의식과 상당 부분 일치하는 것으로 볼 수 있다.[10] 인위적인 언어 조작을 기피하고 자연의 소박함을 따르는 윤중호 시의 언어는 그만의 특유의 탈-표준어주의의 표현이다.

시인 윤중호가 활발하게 시를 발표하던 시기가 '일상 언어'만이 아니라 '문학 언어'에서도 표준어주의가 강력한 규범으로 지배하던 1970~1990년대였다는 사실을 떠올리면, 당시에 윤중호의 시편들이 그만의 특유의 탈-표준어주의를 실천했다는 점은 '경이로운 사건'이 아닐 수 없다.

윤중호가 태어난 1956년부터 48세의 아까운 나이로 세상을 하직한 2004년까지 한국문학은 소위 '4·19세대'로 통칭되는 표준어주의 문학 권력들이 지배하던 시기였다. 박정희 군사독재정권 아래에서 관제 농촌개혁운동인 '새마을운동'과 같은 전횡적인 방법으로 진행된 표준어주의 정책은 교육제도 및 언론은 당연하고 사회 전반에 걸쳐서 전방위적이고 일방적으로 시행되었고, 독재체제 속에서도 상대적으로 자유와 자율성을 보장하는 문학 분야에서조차 표준어주의는 강력하게 관철되었다. 윤중호는 이 강제된 표준어주의 시대에 활동한 시인임에도

---

10   윤중호의 시가 자연을 따르는 시의 투박함을 보여줌에 있어서, 서사시『금강』을 쓴 대시인 신동엽 시의 언어 의식과 상통하는 바가 크다. 필자의 다음 강연록 부분을 참고할 수 있다.
"자연으로 돌아가는 '원시반본의 언어[反語]' 의식 즉 무위자연의 언어 의식이 신동엽의 등단작『이야기하는 쟁기꾼의 대지』(1959. 1)의 시어들에 반영되어 있고, 시의 구문構文에도 실행되어 있다고 판단됩니다. 무위자연의 언어는 커뮤니케이션의 도구로서 이성적 합리주의적 문법을 따르는 세속적이고 인위적인 근대 언어 의식을 거부하고 근대적 표준화된 언어 의식과는 전혀 차원을 달리하는, 사투리나 비어卑語 같은 '소리' 중심의 언어 의식을 기꺼이 포함하고, 무의식적 자유 연상에 크게 의지하는 무위자연적 언어를 지향한다고 볼 수 있습니다. 무위자연의 언어란 물론 진리를 전하기 위한 방편의 언어라는 의미도 있습니다만, 일상 언어의 범주에서 본다면, 언문일치語一致의 언어, 특히 민중들이 일상적으로 쓰는 구어체를 가감 없이 진솔하게 따르는 중에 시인 저마다 수행修行하는 언문일치의 언어, 또는 민중들의 일상 언어를 시인의 독자한 시 정신과의 통합을 꾀하는 언문일치의 언어를 생각해야 한다고 봅니다. 이런 언어 의식의 차원에서 보면, 1959년 정초에 발표된『이야기하는 쟁기꾼의 대지』는 중요한 시사적 의미를 지닌 작품이라고 생각합니다."(「신동엽문학제 강연록」중에서. 2021. 11. 3.)

탈-표준어주의 혹은 반-표준어주의를 여실하고 가장 탁월하게 드러낸 시인이라 말할 수 있다. 서울 중심의 문단 권력, 이른바 '중앙문단'의 표준어주의의 말이나 말투를 따르지 않았을 뿐더러, 그런 서구 근대 언어학의 세례와 함께 강제된 '표준어주의 문학 언어'에 소속되기를 한사코 거부한 것이다. 이는 윤중호의 생래적인 기질 탓이기도 하지만 그보다 자기 시의 뿌리로서 '고향의 언어'를 중시하는 자재연원自在淵源[11]의 언어 의식에서 비롯되었다고 생각된다.

윤중호는 고향인 충청북도 영동군 심천면에서 태어나 자라면서 청소년기와 청년기를 거치는 동안 자기 향토어, 곧 고향의 방언을 자연스레 익혔다. 대처인 충청남도 대전에서 숭전대학교 영어영문학과를 졸업하기까지 시인이 쓴 모든 시편들은 고향의 방언과 말투를 잠시도 외면한 적이 없다. 대학의 영문학과 시절에 학습된 서구의 근대적 시학을 흉내 내거나 서구 근대 시의 수사나 기교를 따를 법도 한데, 윤중호 시에서는 어떤 청년기의 습작 시편들을 포함한 초기 시에서부터 근대 시학에서 흔히 보이는 시적 기교나 포즈도 찾아보기 어렵다.

윤중호는 고향인 금강 상류에 위치한 영동 지방 방언을 시적 언어 의식의 본령으로 삼았다. 1970~1980년대 한국문학을 지배하던 '4·19세대 문학'의 '표준어주의'는 공식화되지만 않았을 뿐, 당대의 문단 등용 제도 및 문학 교육제도는 음으로 양으로 감시 및 배제, 소외를 통해 표준어주의를 거의 모든 '글쓰기

---

11 진리를 자기 밖에서 멀리 구하는 게 아니라 자기 안에서 찾음.

원칙'으로 사실상 강제했다 하여도 과언이 아니었다.[12] 이러한 표준어주의의 전횡專橫 상황에 저항하듯이, 윤중호 시의 비-표준주의적 방언의식과 더불어 고향 주민들이 써온 구어체에 기반한 언문일치의 시들은 우리 현대문학사에서 새로이 조명되어야 한다.[13] 윤중호는 인위적 표준 언어, 이성주의 위에 구축된 서구 근대 시학의 기교적이거나 장식적인 시 의식을 거부하였고, 서구의 근대적 이념들과도 거리가 먼 자주적 시 정신의 소유자였다.

위에 인용한 「詩」만 보더라도, 윤중호 시의 언어 의식이 고스란히 드러난다. 일일이 예를 들 수 없이 윤중호의 모든 시편들은 생래적 향토어와 생리적 자연어와 독자적인 구어 투의 언어적 짜임 위에서 꾸밈이나 기교 없는 언문일치를 이룬다. 다시 말해 시의 의미를 문어 투로서 간접화하거나 비유법 사용 등 기교로서 대상화를 거부하고 방언 및 구어 투 자체가 지닌 자연성과 식접성에 의한 시적 생기를 머금게 만든다.[14] 명시 「詩」에서, '엄니', '九美집',[15] '어정스럽게',[16] '질수심이 걸어서',[17] '구 장

---

12 가령, 내로라하는 4·19세대 비평가들은, 산문에서, 가령 거장 이문구李文求, 김성동金聖東 등의 방언적 문체 의식을 비판하고 정당한 문학적 평가에 있어서 소외시켰다. 이 문제는 이 글에서 다루기엔 적절치 않으므로 다른 자리에서 논하기로 한다.

13 앞서 각주 10에서 말했듯이, 윤중호 시의 언어 의식은, 충청도 금강변 부여읍 태생의 걸출한 민족 시인이요 서사시 『錦江』을 쓴 신동엽 시인의 언어 의식에 비견될 만하다. 신동엽 시의 언어 의식은 기본적으로 토착민의 구어 투에 기반한 언문일치를 지향하는 바가 뚜렷한데, 이는 신동엽 시인이 추구한 중요한 시적 주제인 '원시반본'의 정신과 깊은 연관성이 있어 보인다. 곧 신동엽 시인은 '비근대인적 언어 의식'을 깊이 품고서 인민적이고 미래지향적인 '大地의 문학 정신'을 모색한 것으로 볼 수 있다.

터'…… 이런 향토어나 자연어들의 성찬盛饌은 윤중호의 시 형식이 지닌 고유한 특성 중 하나라고 할 수 있는데, 이를 통해 시는 생기生氣를 띠고 독자적인 '시적 존재'로 전화하는 결정적인 요인으로 작동한다. 향토어, 사투리, 고유한 구어 투 등 자연어를 존중하는 시의 독특한 문법이 시의 언어 조직에 생생한 생명력을 불어넣는 것이다.

이렇듯이, 윤중호 시의 비-표준어주의는 잃어버린 고향의 언어를 되찾고 '자재연원의 언어'를 확고히 하려는 주체적 언어 의식에서 나온 것이다. 이 탈(비)-표준어주의와 동전의 양면을 이루는 것이 학습된 기교나 수사학 등 서구 근대 시학이 만들어놓은 기법 따위 시학의 규율을 무시하는 '반反시학'의 시 의식이라 할 수 있다. 시의 진실을 구하기 위해서는 시인이 자기 삶에서 유래된 자주성自主性의 언어가 기본적으로 쓰여야 하며, 이러한 자기 삶의 진실에서 유리된 채 교육제도와 문학제도를 통해 강요된 시학이나 시론에 의존해서는 안된다는 것. 이는 윤중호 시가 지닌 뚜렷한 특징인 시를 이루는 구어 투 어문일치의 시문에서 분명하게 드러난다. 이 반反시학적 특징은 학식에

---

14 '시'는 시인의 피조물에 그치는 게 아니라, 독립된 '시적 존재'로서 생명력을 지닌다는 의미. '시적 존재'는 '세계 내에 내던져진 상태'에 있는 하나의 '고유한(본래적) 존재'이다.

15 '九美집'은 시인의 고향 충청북도 영동군 옆 옥천군에 소재한 고유명.

16 대강 '어색하게'의 뜻.

17 '질수심이 걸어서'는, '무슨 골치 아픈 일로 온 힘을 다해서' 정도의 의미를 지닌다. 사전적 의미로는, '질수疾瓜'는 '골치를 앓음', '질수심이 걸어서'는 충청도 방언의 관형구 형식으로 쓰이는데, 대강의 뜻은 '죽기 살기로', '무슨 골치 아픈 일로 온 힘을 다해서'이다.

따른 '꾸밈'의 시학을 경계하고 자기 삶의 진실에서 자연스럽게 나오는 무위無爲의 시학 혹은 자기 본성에 충실한 생생한 언어를 추구하는 것으로 나타난다. 이 자재연원의 '개인 방언'에 능통한 시어와 시문인 탓에 윤중호 시는 삶에 직접적이고 실질적인 언어로서 다가온다.

윤중호 시를 읽는 독자들은 대개 언어와 삶 간의 괴리감을 못 느끼기 일쑤인데, 이러한 현상은 그만큼 시가 스스로 생기生氣를 낳고 또 낳고(生生) 있다는 뜻과 통한다고 볼 수 있다. 그러니 윤중호 시는 '표준어주의'를 넘어 자기 고유의 언문일치 곧 '개인 방언'의 실천을 통해 '자연의 시론'을 실현했다 말할 수 있을 것이다.

그리고 중요한 점은, 이러한 시인 윤중호의 비-표준어주의 언어 의식은 그가 활동하던 1980년대 중반에서 세기말에 이르는 시대에 한국문학사가 은밀하게 품고 있던 '반反시대적' 문학 성신의 시적 표상이 되었다는 점이다. 그 반시대성은 강압적 산업화 시대를 거치고 군사독재 치하에서 엄두도 내지 못하던 시기에 서양 추수 일변도의 근대성과 온갖 근대 이데올로기들의 범람 속에서도 대지적 자연의 감각 또는 농촌적 감수성을 잃지 않고 고향의 방언의식에 뿌리를 둔 자기만의 독특한 생태적 문학 언어를 찾았다는 데에서 찾을 수 있을 것이다. 자연어로서 고향 방언과 삶에 충실하고 진실한 언어 의식을 자기 시의 단단한 밑자리로 삼은 것이다. 특히 이 점은, 1960년대 이후 '4·19세대의 시론'이 서구 근대 시학의 베끼기와 따라하기 수준에서 크게 벗어나지 못하던 시절에 시인 윤중호는 외따로이 '비非근대인의 시론'을 고집스럽게 펼치고 있었음을 보여주는 것이다.

4. 非근대인의 시론:
시에서 無爲와 鬼神의 중요성

모든 생명은 자연에서 나고 자연으로 돌아간다. 생명은 '自然'이다. '스스로(저절로) 그러함'이다. 작위와 인위가 없는 순수한 그러함이다. 생멸의 덧없음도 자연 자체이고 '스스로 그러함'이다. 시도 생멸하는 자연의 원리에 따른다. 「詩」에서 보듯이 시인의 삶의 덧없음을 자각하고 덧없음을 '詩'라 부르듯이, 시도 자연의 순리를 따르는 것이다.

시인 윤중호에게 '우리 모두 돌아갈 길'은 '우리'를 낳은 자연으로 돌아가는 길이다. 그 자연으로 가는 길을 '알고 있다. 그 길을 알고 있다.'라고 시인은 쓴다. 윤중호가 대학 시절부터 존경하고 따르던 대학 은사 김종철 선생에게 드리는 헌시에는 윤중호의 자연관과 자연이 낳은 도저한 생명관이 들어 있다.

　　　산딸기가 무리져 익어가는 곳을 알고 있다.
　　　찔레 새순을 먹던 산길과
　　　삘기가 지천에 깔린 들길과
　　　장마 진 뒤에, 아침 햇살처럼, 은피라미떼가 거슬러
　　오르던 물길을

알고 있다. 그 길을 알고 있다.

　돌아가신 할머니가, 넘실넘실 춤추는 꽃상여 타고 가
시던
　길, 뒷구리 가는 길, 할아버지 무덤가로 가는 길
　한철이 아저씨가 먼저 돌아간 부인을 지게에 싣고, 타박
타박 아무도 모르게 밤길을 되짚어 걸어간 길
　웃말 지나 왜골 통정골 지나 당재 너머
　순한 바람 되어 헉헉대며 오르는 길, 그 길을 따라
　송송송송 하얀 들꽃 무리 한 움큼씩 자라는 길, 그 길을
따라
　수줍은 담배꽃 발갛게 달아오르는 길
　우리 모두 돌아갈 길

　그 길이 참 아득하다.
　　　　　　　　　　　　　　　　　　　　　　—「고향 길 1」

　이 시에서 주목할 것은 시인은 생명을 설명하거나 이야기할
때 학식이나 이론에 기대지 않는다는 점이다. 오히려 학식이나
이론은 그 흔적조차 찾아 볼 수 없다. 생각해보면, 생명의 진실
을 추구하는 시에서 인위와 작위의 영역인 학식과 이론은 그 자
체에 한계를 가진다. 시인 윤중호는 오직 살아 있는 자연으로
생명을 이야기한다. 시인에게 생명을 이야기하기란 하등 어려

울 까닭이 없다. 시인에게 생명은 고향의 자연 그 자체이기 때문이다. 시인은 "산딸기가 무리져 익어가는 곳을 알고 있다./찔레 새순을 먹던 산길과/삘기가 지천에 깔린 들길과/장마 진 뒤에, 아침 햇살처럼, 은피라미떼가 거슬러 오르던 물길을/알고 있다. 그 길을 알고 있다."고 적는다. 작위가 없는 고향의 자연은 그 자체가 생명이요 생명의 터전이다. 그러고 나서 시에는 고향 토박이 이웃들이 하나하나 호명되고 고향 산천의 고유한 지명들이 호출된다.

돌아가신 할머니가, 넘실넘실 춤추는 꽃상여 타고 가시던

길, 뒷구리 가는 길, 할아버지 무덤가로 가는 길

한철이 아저씨가 먼저 돌아간 부인을 지게에 싣고, 타박

타박 아무도 모르게 밤길을 되짚어 걸어간 길

윗말 지나 왜골 통정골 지나 당재 너머

순한 바람 되어 헉헉대며 오르는 길,

하지만 근대 물질문명이 극에 달한 지금-여기서 생각하니, 시인은 "그 길이 참 아득하다."고 적는다. 간곡하고 속정 깊은 시심이 담긴 이 헌시에서 시인은 자연을 자신의 고향에 빗댄다. 곧 자연은 고향이고, 고향은 '저 스스로 그러하다.' 고향의 시공간을 이루는 생물들과 무생물들과 고향 주민들과 고유한 장소들이 저마다 '스스로 그러함'의 존재들로서 한 편의 시를 구성

한다. 시의 차원에서 보면, 시 역시 '저 스스로 그러함'으로 존재한다. 여기서 윤중호의 독특한 생명관으로서 무위자연의 깊은 사유와 실천행을 엿보게 된다.

윤중호의 시가 품고 있는 '스스로 그러함[자연]'의 생명관은 생활의 구체적 실천 속에서 그 심오한 깊이를 더한다.

> 참, 팔자도 더럽지.
> 내동 넘실넘실 울먹이던 임진강
> 철부지 한탄강이랑 이슷하게 들섞더니, 이젠 아예
> 펑펑 울매 흐르데, 흐르다가
> 시리고 결린 이 땅의 허리춤으로 스며들면서
> 차마, 무심한 바다는 되지 못허고
> 통일전망대 앞, 그 언저리에 무추름히 서서
> 눈물 콧물로 땅을 적시데.
> 풀벌레 소리 같은 생생한 이야기 한 마리
> 키울 작정이였나벼.
>
> —「임진강에서」전문

돈의 힘이 지배하는 세상에서 쫓겨나거나 밀려난 수많은 이들이 있다. 소외된 인생살이를 시인은 '더러운 팔자'라 이른다. 이 시의 첫 행 "참, 팔자도 더럽지."는 돈의 힘에 변방으로 밀려난 삶의 애환과 설움이 배어 있다. 이 시는 언문일치의 시문으로 쓰였고 그 특유의 구어 투에는 흐르는 강물처럼 너울대는 가락이 실려 있다. 이 시가 품은 뜻으로 보아, 가난하고 막막한 삶이 찾은 파주 통일전망대 앞 임진강가에서 느끼는 감정의 소회를 적고 있는데 이 시에서도 시인 윤중호는 삶의 고뇌를 흐르는 강물에 투사하고 이내 임진강은 "눈물 콧물로 땅을 적시"며 삶과 하나로 어울리고 마침내 시인은 "풀벌레 소리 같은 생생한 이야기 한 마리/키울 작정이었나벼."라는 인식에 도달한다. 삶의 애환이 투사된 강물이 삶을 위무하고 삶을 이야기하고 노래한다. 보이지 않고 들리지 않는 강물의 이야기와 노래는 이 시의 운율이 증거한다. 윤중호의 시적 운율은 인공적인 꾸밈에서 만들어지는 것이 아니라 흐르는 강물이 내는 '소리'에 감응하고 서로 합치한다는 뜻이다. 이 시가 가진 흐르는 강물의 소리와 내재율은 자연의 무위이화에 따르는 것이다. 이때 범상한 듯한 이 시는 자연의 기운을 띠고 삶을 북돋우며 삶과 동행한다. 그 생명관이 스스로 깊이 무르익어 마침내 자연의 섭리로서 도저한 '생명의 시'를 낳게 된다.

> 배추흰나비가 특별히 이무롭게 봤는지
> 마흔 개가 넘는 텃밭 중에
> 우리 밭에만 배추벌레가 우글거린다.
> 곰실 곰실 곰실 곰실
> 일주일에 서너 번씩, 새벽마다
> 김도 매주고 흥건히 물도 뿌려줬는데
> 기르는 재미에 애걸복걸 너무 매달려서 그런지

나중에는 돼지벌레, 톡톡이까지 생겨나서
　　곰실곰실곰실곰실
　　열무 엇갈이배추, 사각사각사각사각, 줄기까지 죄다
갉아먹어서
　　텃밭 농사졌다고, 솎아서 넘 주기도 민망해
　　벌레도 생명이라고 그저 놓고 보기엔 내 그릇이 너무
작고
　　농약을 쳐서 일망타진하기엔 염치가 없어서
　　사나흘 벌레들과 피투성이 육박전을 벌이다가
　　열무와 배추를 모두 뽑아내고 깨끗이 항복하고 말았다.
　　뽑아 던진 배추 위에 내려앉은 배추흰나비 두 마리.

　　땅을 갈아엎고 다시 씨를 뿌렸다.

　　　　　　　　　　　　　　　　　　　　　─「배추벌레」전문

　거짓 없이, 생명에 대한 외경심은 그저 관념이나 이념에서 나
오지 않는다. 오히려 윤중호는 자기를 유혹하는 세속에 찌든 시
민의식이나 허위의식을 숨기거나 미화하는 법이 없다. 도시에
사는 시인은 텃밭 농사를 지으며 벌레와 싸운다. "벌레도 생명
이라고 그저 놓고 보기엔 내 그릇이 너무 작고/농약을 쳐서 일
망타진하기엔 염치가 없어서/사나흘 벌레들과 피투성이 육박
전을 벌이다가/열무와 배추를 모두 뽑아내고 깨끗이 항복하고
말았다." 하찮은 벌레한테 피투성이 육박전 끝에 항복하고 만

이야기가 재미있지만, 이 시가 예사롭지 않은 것은 "땅을 갈아엎고 다시 씨를 뿌렸다."라는 시의 끝 문장 때문이다. 이 끝 시문은 미물에도 미치는 시인의 생명애가 나날의 생활에서 나온다는 것을 잘 보여준다. 땅을 갈아엎고 다시 씨를 뿌린 행위는 하찮은 벌레의 삶을 인정하는 것이고 이야말로 하찮은 존재들과의 더불어 삶이 생명계의 올곧은 질서라는 깨우침을 일상적인 실천행으로 옮겼다는 말이다. 그러므로 "땅을 갈아엎고 다시 씨를 뿌렸다."는 말은 자연(저절로 그러함)의 회복을 위한 생활 속의 실천행을 뜻한다. 이는 자연과 하나를 이룬 윤중호의 실천적 생명관을 드러내는 대목이다.

시인 윤중호의 온생명에 대한 깊고 진실한 사랑은 많은 시편들에서 해맑은 기운이 감돌고 소박한 빛이 밝아오듯이 드러난다.

콩깍지 속에
새파랗게 빛나는 완두콩 여섯 개
곰실곰실 누워 있다가
콩깍지를 터니, 부시시 깨어나
서로 몸을 기대며 웅크립니다.
무심코 콩깍지를 훑다가
가슴이 철렁 내려앉았습니다.
완두콩마다, 콩깍지에
허연 탯줄을 달고 있었거든요.

—「완두콩」전문

시인 윤중호의 생명관이 잘 드러나는 시 「완두콩」은 삶에 인접한 자연현상 속에서 시의 생명력의 이치를 터득하는 윤중호 득의의 시론이 영롱하게 반짝인다. 더없이 하찮고 버림받는 콩깍지에서 놀랍게도 '허연 탯줄'을 발견한 것이다. 인간의 눈에 하찮게 보이는 콩깍지도 보이지 않는 생명의 연결망에서 미세한 고리를 이루는 경이로운 존재인 것이다. 이 하찮은 사물들 속에 감추어진 '생명(자연)'의 발견은 '시적 존재'에 대한 깨침으로 연결된다. 하지만 존재에 대한 깨침이란 말도 막연하고 추상적이다. 윤중호의 시에서 생명은 추상적 관념이 아니며 그렇다고 구체적 실상도 아니다. 앞서 말했듯이 윤중호는 실상의 덧없음을 익히 터득한 시인이다. 부조리한 인간의 삶에 슬퍼하고 분노하는 시에서도 실재하는 삶의 덧없음[無常]이 짙게 작용한다.

　　　김자 평자 득자, 우리 아버지
　　　평생 세상을 달구셨네.
　　　35년 막장의 선산부로
　　　깜깜한 어둠을 퍼 올려 세상을 뎁히다가
　　　숭숭 뚫린 폐광처럼, 폐 속에 쌓아둔
　　　마지막 석탄가루조차 꺼내
　　　가시는 길을 달구셨네.
　　　　　　　　　　　　　　　—「광부의 딸 김옥림 씨」전문

윤중호의 대부분 시들은 가난과 소외 속에서 힘겹게 사는 이들의 삶을 다루고 있다. 사회에서 밀려난 삶들은 윤중호의 시의 주된 관심사이자 시적 소재이다. 「광부의 딸 김옥림 씨」도 탄광 막장일을 오래 하다가 폐병에 걸려 죽은 늙은 광부를 소재로 삼는다. 이 시는 딸의 목소리를 빌림으로써 가난한 광부의 죽음이 일으키는 애달픔이 널리 사무치고 이와 함께 사회적 공분에 호소력을 띠게 된다. 하지만 이 시는 슬픔과 설움 혹은 분노만을 자아내지 않는다. 늙은 광부의 신산스런 삶은 결국 '자연으로' 돌아가면서 딸의 애처로운 마음도 '자연에 의해' 위무받는다. "숭숭 뚫린 폐광처럼, 폐 속에 쌓아둔/마지막 석탄가루조차 꺼내/가시는 길을 달구셨네."라는 시구는 35년간 막장서 일한 광부의 죽음에 대한 애도이면서도, 동시에 "가시는 길을 달구셨"다는 딸의 목소리에 이르면 늙은 광부의 죽음이 자연의 '밝음'으로 기화氣化하는 신기마저 느껴진다. 윤중호는 자연으로 돌아가는 모든 삶의 덧없음과 함께, 아이러니하게 덧없음 속에서 삶의 빛남에 대해 깊은 관심을 보인다. 이것이 윤중호 특유의 생명애요 생명관이라 할 수 있다.

　　윤중호의 시는 '자연의 시'[18]이다. 자연의 시는 자연을 대상으로 노래하고 자연을 완상하는 여느 시들과는 그 경지가 다르다. 시가 자연의 순리에 따라 '저절로(스스로) 그러함'의 경지에 '있

18　이 글에서 '자연'과 '무위자연'은 동의어로 혼용된다. 유명 학자들 중엔 '自然'이 만물의 운동법칙을 가리키는 개념일 뿐 어떤 실체가 아니라는 학설을 내세우나, 여기서 '자연'은 말 그대로 작위가 없는 저 '스스로 그러함', '저절로 그러함'이란 뜻을 지닌다.

음'을 보여주는 것이다. 이처럼 무위자연에 따라 모든 삶과 사물이 '스스로(저절로) 그러함'의 경지에 이를 때 각자 '밝은 기운'의 존재가 될 수 있다는 관점을 가리켜 '기화氣化의 자연관'이라 부를 수 있다. 기화는 삶과 사물이 자기 안에 지극한 기운이 조화造化 속에서 자기 바깥과 통할 때 본연의 존재를 나타내는 것이다. 윤중호의 시를 읽으면 삶과 시가 또는 시인 고유의 기질과 시적 존재감이 서로 분열되지 않고 온전하게 일치하는 느낌을 받게 된다. 윤중호의 언문일치의 시가 주는 느낌은 다름 아닌 '무위자연으로서' 시가 쓰이고 태어나는 데에서 연유한다.

한국문학을 지배해온 서구 근대 시학의 관점에서 보면, 자연의 '저 스스로 그러함'에 따르는 윤중호의 시 의식은 매우 어수룩하고 나이브한 의식으로 여겨질 것이다. 하지만 이는 서구 근대 시학이 드러내는 '작위적인 이론의 한계' 혹은 '분별지의 한계'에 불과하다고 볼 수 있다. 겉보기에 소박한 시들임에도, 아니 오히려 소박하기 때문에 시가 자기만의 독특한 울림을 가지고 깊은 감흥을 불러일으키는 것이 아닌가 하는 문제를 고민해야 한다. 따라서 시론의 차원에서 윤중호의 시가 어떻게 나오는가를 생각할 필요가 있다.

시가 '저절로 그러함' 또는 '스스로 생기生起하는(생겨나는) 존재'[19]가 될 수 있다는 것은, '무위자연' 또는 '무위이화'와 깊은 연관성이 있다. 이때 '무위'의 시를 추구한다는 것은 서구 근대 시학과 대조되는 관점이라 할 수 있다. 서구 근대 학문이 분

---

19 '자연'을 존재론적으로 바꾸어 표현한 것.

별지를 추구하는 데에 반해, 무위의 시는 분별지를 버리고 또 버려서 자연의 경지에 이르는 것을 추구한다. 노자는 무위를 설명하기를 "배운다는[學] 것은 날로 더한다는 것이요 道를 따른다는 것은 날로 덜어낸다는 것이다. 덜어내고 또 덜어내어 무위(즉 인위가 없는 지경)에 이르면 무위하되 하지 못하는 것이 없게 된다.(爲學日益 爲道日損 損之又損 以至於無爲 無爲而無不爲. 『노자』 48장.)"라고 했다. 학식을 좇으면 욕심만 더할 뿐이고 도를 따르면 세속적 학문은 아무런 의의가 없음을 깨닫게 되어 지식을 덜어내게 된다는 것, 그래서 사리사욕에 사로잡힌 학식이나 분별지를 덜어내고 또 덜어내면 무위의 경지에 이른다는 뜻이다. 이 노자의 문장은 신라 때 원효 스님의 『金剛三昧經論』에서 '부처의 경지'를 설명하기 위해서 원용할 정도로 깊은 뜻이 담겨 있는데, 일단 학식이나 분별지라는 망상을 덜어내고 또 덜어내어 마침내 지혜마저 덜어내고서 하염없는 무위의 경지에 이르러야 진리, 즉 진여眞如의 경지가 열린다는 것을 강조하기 위해 노자의 '무위'를 인용한다.

이 '무위'를 시론에 적용해보면, 시인이 배운 학식이나 분별지를 덜어내고 또 덜어내어 '무위자연自然' 즉 '저절로(스스로) 그러함'의 시를 추구해야 비로소 진리를 감춘 참다운 시에 다다를 수 있다고 말할 수 있다. 그렇다면, 무위자연의 시, 곧 '스스로 그러함'의 시는 세계와 대지에서 어떻게 또 무엇으로 존재할 수 있는가. 우선, 이렇게 답할 수 있을 것이다. 간단히 말하면 '스스로 그러함'의 시는 음양陰陽의 조화 속에서 태어난다. 다시 말해, '음양의 조화 원리(生生之理)'[20]가 시의 존재 원리가 되는 것이다. 음양의 조화 원리는 귀신의 작용을 가리키므로 귀신이 작용하는 '스스로 그러함의 시'는 생기生氣를 머금은 희미한 '밝음[薄明]'을 띠게 된다.

윤중호의 시가 보여주는 '저 스스로 그러함' 곧 자연에 충실한 시 쓰기에는 타고난 고향 산천의 기운이 작용하는 듯하다. 윤중호가 나고 자란 고향의 시골 풍경이 눈에 삼삼한 시편들을 보면, 심심산골의 자연과 썩 어울리는 시인의 기질과 성정이 자연스럽게 상상된다. 시인 윤중호는 세계와 대지에 작용하는 조화造化의 기운이 시 쓰기의 원천임을 일찍이 '온몸으로' 터득했던 것이다. 이러한 윤중호 시가 태어나는 '조화 원리'를 엿보기 위해서 유고 시집 『고향 길』 앞쪽에 나란히 실린 시「봄비」,「올해는」 두 편을 찬찬히 읽는 게 좋다. 시 두 편 모두 고향에 사시는 어머님('엄니')께서 크게('되게') 앓고 계시는 어떤 불행한 경황을 시적 모티브로 삼고 있다.

칠십 평생 처음으로, 지난겨울 되게 앓으신 엄니가
얼굴 그득히 피우신 검버섯
황망한 마음으로, 아이들 앞세워 둑길에 나서니
넘어질 듯, 아이들 뜀박질로
들을 가로질러, 앞산 파랗게 키우고, 개울 물소리 들
쑤시며

---

20 '생생지리'의 작용, 음양조화陰陽造化의 기운으로서 '귀신'의 공능功能.

금강까지 내처 몰려가는 풋풋한 물비린내

희미한 빗소리 귀동냥하며

둑길 끝 징검다리 비로소 뚜렷하다

—「봄비」전문

올해는 등나무꽃도 스쳐갔네

자글자글 눈으로 웃으며

'헉' 숨이 멎어 한참을 바라보던

동네 어귀 등나무꽃.

올해는 금강가를 거닐지도 못했네

반짝이는 은피라미떼 눈 맞추며

며칠씩 걷던 금강 원둑.

올해는 새벽 산길에 핀

쑥부쟁이 따라 건들대지 못했네.

우리 엄니, 부러진 어깨뼈 더디 아물어……

—「올해는」전문

시 「봄비」는 병환으로 '되게'(크게) 앓는 중인 '엄니'가 계신 고향집에 가기 위해 아이들을 앞세우고 금강가 둑길로 들어서는 광경을 그리고 있다. 시 「올해는」도 '어깨가 부러진 엄니'께

병문안하러 고향 산천의 금강가 둑길을 걷는 광경을 그리고 있다. 그런데, 두 시 모두 고향집에 살고 계신 '엄니'가 병환 중인 상황을 모티브로 삼고 있음에도, 두 시에 움직이는 어떤 기운은 서로 사뭇 다르다. 시「봄비」가 '엄니'가 앓고 계신 고향을 찾는 내용임에도, 고향 산천이 발산하는 자연의 맑은 기운에 따라 '아이들'의 생동하는 기운으로 인해 시가 양명[陽]한 기운에 휩싸여 있는 데 반해, 시「올해는」은 페르소나인 '나'(즉 시인)의 시르죽은 기운이 시를 그늘지게[陰] 만든다.

여기서 두 시 모두 직유나 은유, 상징, 알레고리 따위 비유법이나 수사학은 적용되기 어렵고 또 인위적인 시적 기교 따위가 들어설 여지도 별로 없다.[21] 오로지 자연과 인간의 삶이 어우러져 만들어내는 맑고 깊은 혼의 움직임 곧 시 정신이 포착한 음양 기운의 작용과 시적 조화造化가 작동하고 있음을 엿볼 수가 있다.

시「봄비」가 지닌 내용은 해석하기가 쉽지 않은데, 이 해석의 불완전성은 오히려 고향 산천의 풍광명미風光明媚에 한껏 어울리는 무위자연의 양명한 기운의 생동을 표현한 탓으로 이해될 수도 있다. 그러므로 인위를 넘어서 무위자연이 이 시가 품고

---

21 '유역문학론'의 관점에서 보면, 기본적으로 시에서의 은유나 상징, 알레고리 등 수사법은 시적 기교나 수식 등 창작 방법을 설명하는 수사학의 범주에서가 아니라, 자연계 혹은 생명계의 비유 차원에서 설명된다. 이 글에 인용된「영목에서」,「詩」등을 보면, 은유나 상징, 알레고리는, 수사를 위한 비유가 아니라, 자연과 생명의 근원적 법칙성에 연결된 비유 또는 '삶의 비유'들이다. 자연과 생명에 연결된 수사이기에, 자연이 내는 '기운'의 움직임이나 역동성이 느껴진다. 윤중호 시가 보여주는 모든 수사는 자연의 근원에 대한 '유비類比' 혹은 '자연의 환유'로서 '비유'라 할 수 있다.

있는 '시 의식', 나아가 '은폐된 주제의식'이라고 말할 수 있다.

「봄비」가 생기를 머금은 시적 존재로 화생할 수 있었던 것은 어린 자식들을 앞세우고 꿈에도 그리던 고향을 찾은 시적 자아의 환희가 역동적인 생기를 발산하기 때문이다. 더욱이 엄니가 앓고 계신 중임에도 의뭉스럽게도 시인 윤중호는 고향의 자연이 발산하는 밝고 맑은 생기를 시 속에 한껏 부려놓은 것이니, 바로 이러한 엄니의 병마를 내쫓아 극복하게 하는 자연의 기운을 불러들이는 시적 조화의 능력이야말로 윤중호 시 정신과 시 창작 원리의 고갱이라 할 만하다.

시 「올해는」의 종결어미 "못했네" 같은 부정형 용언은, 인간 삶의 침침한 기운 탓으로 해석될 수 있다. 풀어 말하자면, 무위 자연과 인위적 삶은 서로 대립하고 갈등하지만, 자연의 조화를 체득한 시 정신에 이르게 되면, 무위無爲가 인위人爲를 압도하여 괴로운 삶 속에 자연이 저절로 감응하고 상호작용하는 경지가 나타나기도 하는 것이다.

또한, 시 「봄비」의 맨 앞에 "되게 앓으신 엄니"가 나오는 반면, 시 「올해는」의 맨 뒤에 '어깨가 부러진 엄니'가 나오는 것도 음양의 조화에 이른 시 정신과 깊이 연관성이 있다. '엄니'의 병환에 대한 염려는 양명한 양기에 풀리기도 하고 어두운 음기에 맺히기도 하는 것. 그러니까, 시는 자연의 기운으로서 음양의 조화 속 기운이 무르익고 응집된 상태의 어느 '시간' 속에서 태어나는 것이다. 이 천지간에 또 자연 속에서 벌어지는 '시간'의 조화를 깊이 감지하는 가운데, 시인 윤중호의 시적 감수성은 밝

고 어두운, 굽고 뻗치는 음양 기운의 역동성을 '시적 존재'로서
불러들이고 맞이하는 능력을 터득한 것이다.

　위 두 시는 공히 시인의 시 쓰기가 민중적 이념이나 학식 또
는 이론과는 관계없이 '천지간 자연의 기운'을 볼 수 있는 자기
自己의 '신령한 눈'이라는 사실을 잘 보여준다. 자연의 생기를 품
은 시는 천지간 조화 속 기운이 어느 순간(時間)에 응집된 '시적
존재'이다. 한껏 생기를 머금은 '시적 존재'에게는 접령接靈하는
신기한 기운이 느껴진다.

5. 자연의 '소리'·'靑山'의 노래

　1998년 2월, 윤중호는 세 번째 시집인『靑山을 부른다』를 펴
낸다. 이 시집은 시인의 생전에 출간된 마지막 시집이다. 이 시
집에서도 이전 시집들에서 보이듯이 예의 가난한 이웃들의 애
잔한 삶의 이야기와 하찮게 보이는 생명들에 대한 깊은 성찰들
이 돋보인다. 그럼에도 이 시집은 이전 시집에서 찾아볼 수 없
는 특징적인 면모를 보인다. 어찌 보면, 이전 시집과는 달리 한
편으로 유별나다 싶은 시 의식을 드러내 보이는데, 그것은 이
전 시에서와는 달리 '청산'의 존재를 화두로 삼아 어떤 근원적
이고 초월적인 세계를 추구하는 데에서 비롯된다. 시집『靑山을
부른다』만 따로 읽는다면 '청산'의 존재를 찾아가는 시인의 지
적 편력이 솔직 담백하게 펼쳐지고는 있지만, 지적 논리는 옹골
지지 못하고 다분히 소산疏散하여 '청산'의 내용을 또렷하게 밝

히고 있다는 느낌은 받기 힘들다. 그럼에도 이 시집이 가지는 깊은 의미는 윤중호 시 세계를 든든히 지탱하는 시 의식의 뿌리를 어루만질 수 있다는 점이라 할 수 있다. 그리고 중요한 점은 시인이 만난 청산의 존재는 어떤 초월적 관념을 표상하는 데 그치지 않고 윤중호 특유의 '비근대인'적 감성과 의식의 운동을 관장하는 독특한 시론의 가능성을 엿보게 해준다는 사실이다.

고려 때 탈속脫俗과 청빈의 이상향을 염원하는 「靑山別曲」의 '청산'이나 나옹화상懶翁和尙의 게송에서 고결한 정신의 지향점으로서 '청산', 중국의 도가 전통의 시가 등에서 선계仙界의 비유로서 '청산' 등 '청산'의 존재는 동아시아 문학 전통에서는 익숙하다. 문학에서가 아니라도, 국선도國仙道에서 실제로 '청산'이란 도인이 전설처럼 전해진다. 1990년대 중반경 윤중호가 국선도 수련에 열성을 들인 것으로 알려져 있으니, '신인神人'으로 알려진 채 행방이 묘연한 '청산'이란 선사에게 관심을 가졌을 수도 있다. 그러나 신인이건 도인이건 청산선사건, 그런 뜬소문이나 '신비한 도사'의 실존 여부에 혹하는 건 그리 바람직한 일은 아니다.

아무튼 1990년대에 「靑山을 부른다」 연작시 스무 편을 쓴 것을 보면 윤중호가 '청산'의 존재를 깊이 사유한 것은 분명하다. 이 연작은 '청산'의 존재를 통해 윤중호의 생명관 또는 세계관을 어림할 수 있다는 점에서 그 특별한 의미를 찾을 수 있다.

'청산' 연작은 "靑山은 어디에 있는가?"(「靑山을 부른다 1」)라는 물음에서 시작된다. 세상의 어디에도 청산은 보이지 않는다.

연작 시편들은 하나씩 청산의 은폐된 존재 내용을 드러낸다.

> 靑山, 너머에 또 靑山, 너머 그 너머에
> 무엇이 있을까?
> 살랑대는 바람도 푸르게 자라서 길이 되는 곳
> 나무둥걸, 칡넝쿨, 솟을바위, 세상이 버린 멍든 가슴
> 들이
> 막아선 길 끝
> 사람이 만든 길 끝에 서서, 울먹이며
> 靑山을 부른다.
>
> ─「靑山을 부른다 4」전문

　시인은 "靑山, 너머에 또 靑山, 너머 그 너머에/무엇이 있을
까?"하고 현세적 삶을 초월하는 근원根源을 궁금해하는 중에,
시적 지아는 "살랑대는 바람도 푸르게 자라서 길이 되는 곳/나
무둥걸, 칡넝쿨, 솟을바위, 세상이 버린 멍든 가슴들이/막아선
길 끝"에 이르게 되고, 이윽고 시의 끝 구절에서 "사람이 만든
길 끝에 서서, 울먹이며/靑山을 부른다."라고 쓴다. 그러나 시인
이 '울먹이며 청산을 부른다'지만, 여전히 청산은 보이지 않고
알 수 없는 존재로 남아 있다. 청산은 '청산, 너머 그 너머에'로
이어지는 무한한 존재인 까닭에, 청산은 인간의 감각과 이성으
로 찾아질 수 없는 존재이다. '靑山을 부른다'는 연작시 제목에
도 가려져 있듯이, '청산을 부른다'와 '청산을 찾는다'와의 차이

는 청산의 존재 문제와 관련이 깊다. 청산은 보이지 않고 알 수 없는 '존재'이기 때문에 '청산을 찾는다'는 적절하지 않다. 그래서, '청산을 부른다'라고 한 것이다.

'부름'은 '나'와 분리된 바깥에서 '찾음'이 아니라 '나'의 '존재' 지평에서 청산의 존재를 만나는 뜻을 포함한다. 곧 내 안에서 청산을 '불러' 청산의 존재와 일치됨을 소망하는 간절한 마음이 투영되어 있다. 그러므로 '청산을 부른다'는 말에는 초혼招魂하듯이 자기 안의 신령을 부르고 바깥 사물의 신령과 접한다는 뜻이 내포된다. 시인이 청산을 부른다는 것은 궁극적으로 자기 안과 자기 밖을 하나로 잇는 '혼의 부름[초혼]' 또는, 자기 안에 감추어진 '신령'의 부름을 통해 자기 밖 존재들과 영접靈接하는 것이다. 달리 말하면, 우리의 고대 풍류도風流道 정신의 핵심인 '접화군생接化群生'[22]의 알레고리로 이해될 수도 있다.

> 靑山이 숲을 이룬 곳에는
> 뭇 생명이 자란다. 숨을 헐떡이며
> 개울이 자라고 나무가 자라고, 하찮은 풀잎이나 못 쓰는
> 돌멩이도 자라서
> 계곡을 심고, 그곳에 뭇짐승을 키운다.
> 오지랖도 넓지, 靑山은. 온갖 수모를
> 대번에 끌어안고 뒹굴어, 헛―
> 아주 낮은 숨, 하나를 키운다.
>
> ―「靑山을 부른다 3」 전문

시인은 청산은 '오지랖이 넓다'고 썼지만, 풍류도의 말씀으로 돌리면, '접화군생'에 다름없을 것이다. "靑山이 숲을 이룬 곳에는/뭇 생명이 자란다. [⋯]/개울이 자라고 나무가 자라고, 하찮은 풀잎이나 못 쓰는 돌멩이도 자라서/계곡을 심고, 그곳에 뭇짐승을 키운다./오지랖도 넓지, 靑山은." 그리고 접화군생을

---

22 강원도 오대산 월정사에서 열린 '한국문학 심포지움'의 필자의 발제문(2011)을 참고할 수 있다. "신라 말 유학자 고운孤雲 최치원 선생이 쓴 「난랑비서문鸞郎碑序文」입니다. 거기엔 신라의 풍류도風流道가 '포함삼교 접화군생包含三敎, 接化群生'의 사상에 기초한 '현묘지도玄妙之道'로 기록되어 있습니다. '우리나라에 현묘한 道가 있으니 風流라 한다. 그 風流道를 설치한 근원은 先史에 자세히 기록되어 있다. 그 풍류도는 실로 3敎를 내포하고 있고, 모든 생명체와 접촉하여 그것들은 생기 있게 변화시킨다. 또한 집에 들어간즉 어버이에게 효도하고, 나아간즉 나라에 충성하니, 이것은 孔子의 가르침이요, 無爲之事에 처하여 행동하고 말만 앞세우지 않음은 老子의 가르침이요, 모든 악행을 짓지 않고 모든 선행을 받드니 이것은 釋迦世尊의 교화다.'(國有玄妙之道 曰風流, 設敎之源 備詳仙史 實乃包含三敎, 接化群生, 且如入則孝於家⋯. [「신라본기」, 『삼국사기』])라고 적혀 있습니다. 이 고운 선생이 남긴 비문의 내용을 오늘 이 자리에서 주목하는 이유는, 풍류도가 외래 사상인 유불선儒佛仙을 주체적으로 통합하여 만들어졌다는 사실 그리고 그 짧은 비문 내용 속에 우리 민족 고유의 '생명 철학'의 연원을 엿볼 수 있다는 점에 있습니다. 고운 선생의 비문을 여기에 번역하면, '풍류도는 나라에 있는 玄妙한 道로서, 실로 유불선 삼교三敎를 포함하고 있고, 그 현묘한 도는 모든 생명체와 接하여 그것들은 생기 있게 변화시키는(接化群生) 道'라고 할 수 있습니다. 그러니까 풍류도의 사상적 연원은 비록 외래 사상인 유불선에 있지만, 민족의 주체적인 정신과 지혜 속에서 서로 다른 사상들은 종합되고 지양되어 새로운 민족 고유의 '현묘'의 철학으로 태어나게 된 것이고, 그 현묘한 철학의 대의大義가 '접화군생'이란 말 속에 들어 있다는 것입니다. 특히 이 '접화군생'이라는 네 글자의 철학적 의미가 신라 이전 역사인 단군신화 시대의 천지인天地人 삼재三才 사상 혹은 '한[一]' 사상과 어떤 사상사적 연관성이 있는지, 또 신라 이후에는 신神과 영靈 혹은 이理와 기氣 같은 우주 생성의 근원적 개념들과 서로 어떻게 만나 어울리며 한국 정신사의 핵심 맥락을 이루어왔는지를 살피는 일은 한국적 사상의 원류를 탐구하는 정신에게는 기본적인 작업에 속한다 할 것입니다. 고대 한국 사상을 압축하여 말하면, 크게 보아, 단군이 신이 되었듯이 한울님의 뜻에 부합하는 인간 존재에 대한 사유로써 설명될 수 있고, 그 사유의 내용들은 신도神道 혹은 신인神人 철학을 통해 상당 부분 밝혀지고 있습니다."(졸고 「巫와 東學 그리고 문학」, 『네오 샤먼으로서의 작가』, 달아실, 2017)

풀이하면, 허령창창虛靈蒼蒼의 조화造化이다. 생기 가득한 생명을 낳고 키우는 허령창창의 조화를 시인은 '청산'이라 부른다.

> 자신의 본디 모습 그대로
> 잡풀이 되고, 강이 되고, 곡식이 되고, 나무가 되고, 먼
> 지가 되고, 티끌이 되어
> 산그늘같이 자라면
> 그것이 모두 靑山이라고
> 靑山이 그늘 가득한 눈으로 말했다.
> ─「靑山을 부른다 18」 부분

접화군생의 화신, 허령창창의 조화는 청산의 별칭이므로, 청산은 천지간 만물 각각에 나타나는 것이다. "자신의 본디 모습 그대로/잡풀이 되고, 강이 되고, 곡식이 되고, 나무가 되고, 먼지가 되고, 티끌이 되어/산그늘같이 자라면/그것이 모두 靑山이라고"에서 보듯, 만상萬象 속에 청산은 나타난다. 따라서 청산은 만유의 각각 고유한 존재들에 고루 작용하는 지극한 생명의 기운, 곧 '지기至氣'를 가리킨다고 할 수 있다.

시집 『靑山을 부른다』 맨 뒤에 보면, '1997년 2월'경에 쓴 것으로 보이는 짧은 글이 붙어 있다.

> 제가 태어난 고향은 뒤로 靑山을 두르고 앞으로는 백
> 화산에서 비롯되는 송천강과 장수에서 비롯되는 양강

이 만나 비로소 금강이 되는, 맑은 강을 품은 곳이어서, 때로는 靑山이 기르는 뭇짐승들이 강물에 목을 축이기도 하고 靑山을 비추며 한갓지게 흐르던 강물이 때로는 靑山을 뻘겋게 할퀴며 요동치기도 하였습니다.

그곳에서 靑山이 키우던 뭇짐승의 하나로 자랐던 나는 내가 살던 靑山이나 금강에 대한 고마움도 모르고 뿔난 송아지처럼 나부대면서 '싸전 병아리처럼' 바쁘게만 떠돌다가 겨우 몇 해 전에 우연찮게도 청산에 대해서, 청산이 키우는 강이나 뭇 생명의 소중함에 대해서 다시 만나게 되었습니다.

소나무는 소나무대로, 또 참나무 오리나무 싸리나무 사철나무 진달래 고사리 옻나무 산철쭉 하다못해 음지에서만 자라는 버섯까지 그리고 멧돼지 노루 살쾡이 고라니 산토끼 다람쥐 매 꿩 멧비둘기 참새 하다못해 들쥐새끼나 개똥까지, 제 본디 모습대로 제 깜냥껏 자라면서 靑山을 이루고, 또 靑山이 그것들을 감싸 안아서 제 본래 모습대로 키우는 그런 세상이 우리가 살아가야 할 우리가 만들어가야 할 그런 세상이 아니겠냐는 주제넘은 생각도 해보았습니다.

윗글을 보면, 청산은 고상한 이념이나 특정 도인의 비유가 아니라 시인 윤중호가 나고 자란 고향의 자연 그 자체를 이름한다는 것을 알 수 있다. 고향의 산천초목과 그 안에서 사는 낱낱의 생명들 모두와, 한갓지게 흐르는 강물 등 고향의 자연 그 자체가 '청산'이다. 이 글에서 알 수 있는 것은 시인은 청산을 실존 인물이 아닌 생명계에 감추어진 진리로서 이해하게 한다는 점이다.

이렇게 보면 윤중호의 생명관의 표상으로서 청산의 존재는 허령창창한 기운, 즉 지기의 표현이며 동시에 시인이 태어나고 자란 고향 산천의 자연과 깊이 연관된다는 사실을 알 수 있다. 이 말은 지극한 기운, 즉 '한울'[23]의 비유인 청산은 자기 바깥에서가 아니라 시인의 고향으로 상징되는 '자기 안'에서 만날 수 있고, 아울러 그 청산은 무위자연에 합일된 존재[無爲而化]라고 이해될 수 있다.

이 시집에 실린 모두 스무 편의 「靑山을 부른다」 연작은 시인이 청산의 존재를 탐구한 끝에 청산은 청산으로 표상된 생명계의 진리 자체이며 그 진리란 다름 아닌 시인의 고향의 자연에서부터 찾아질 수 있음을 터득해가는 사유의 궤적이라 할 수 있다.

이렇듯, 청산은 지기[한울]이고 자연이다. 청산의 존재는 천지간 만물 안에 없는 데가 없다. 그러함에도 여전히 세상은 슬픔으로 가득 차 있다. 이 모순을 어떻게 극복할 것인가. 시인 윤중호가 보기에 세상의 슬픔은 세상의 부조리와 모순투성이에서 기인한다. 천지간에 편재하고 세상을 움직이는 청산의 존재에 대해 한편으로 회의와 의문이 생기게 된다.

---

23 동학에서 '至氣'는 '한울'이다.

겨울바람에 몸뚱이를 내맡기듯

벗어버린 세상의 질긴 모습들이 슬프다.

[…]

눈 들어 다시 세상을 바라본다.

靑山은 아름다운가?

—「靑山을 부른다 10」 부분

"靑山은 아름다운가?" 이 반문을 해소하기 위해선, "겨울바
람에 몸뚱이를 내맡기듯/벗어버린 세상의 질긴 모습들이 슬프
다."라는 말을 깊이 이해해야 한다. 왜냐하면 "벗어버린 세상의
질긴 모습들이 슬프다."에서 청산의 존재는 반어로서 존재하기
때문이다.

'세상의 질김'이 자아낸 슬픔은 '질경이'처럼 청산의 질긴 생
명력을 말한다. 세상살이의 슬픔은 '들풀'처럼 질긴 '청산'의 존
재 방식이다. 세상의 슬픔은 질경이같이 질기기에, "靑山이 울고
있다. 하루 점두룩/모진 인연의 뿌리를 손에 들고/靑山이 울고
있다."(「靑山을 부른다 13」)라고 적는다. 그러니 '靑山'은 세상의
모든 '슬픔' 속에 있으니, 슬픔은 피할 것이 아니라 살펴지고 깊
이 아껴져야 한다. 청산은 곧 한울이니 '모심(侍)'을 받아야 한다.

삶의 진리인 청산의 존재가 아픔과 슬픔 속에서 찾아진다면,
역설적이게도 아픔과 슬픔은 삶의 지극한 힘이 된다. 이 절망
과 고통의 역설을 "아하! 어둠 속에서 산이 자라는구나 […] 뉘
엿뉘엿 지는 저 달그림자처럼/절망 속에서만 사랑이 자라는구

나."(「밤길 4」)라고 시인은 적는다.

'청산을 부른다' 연작 시편들을 살펴볼 때, 시인 윤중호는 '아름다움'과 세상의 '슬픔'은 둘이 아니라 하나라는 불이不二의 진리를 깊이 터득한 듯하다. 세속의 온갖 모순과 부조리가 만드는 고통과 슬픔 속에서 진리는 찾아지고 그 진리의 표현으로서 '아름다움'이 구해진다는 대승적 정신이 깊고 단단하다.

'청산을 부른다' 연작에서 주목할 사실은 '청산의 노래'로 비유되는 '자연의 소리'에 관하여 시인의 깊은 사유가 개시되어 있는 점이다. 청산이 '저 스스로 그러함[自然]'을 드러내는 형식은 '소리'이다. 윤중호가 갈구하는 '소리'는 물리적인 소리 너머에서 접하는 정신적인 소리이다. 들리지 않는 '소리의 소리', 따라서 들리지 않는 소리, 곧 소리의 소리를 듣는 이가 바로 시인이다.

천지간 만물은 저마다 소리의 존재이고, 만물이 저마다 지닌 자연의 소리가 '청산의 노래'이다. 청산의 노래는 근원의 소리에 대한 비유이다. 시인은 청산의 노래를 부를 줄 아는 이이다. 시인 윤중호의 소리에 대한 각성은 "사람이 그리워 靑山을 오른다/골골, 메아리처럼 스러질/靑山이 기르는 소리가 되기 위하여……"(「靑山을 부른다 9」)라는 진정한 '소리'를 터득한 시인 됨의 수행으로 이어진다.

하지만 근대적 기술 문명의 온갖 소음 속에서 '소리'의 존재는 오리무중이다.

소리여, 너는 어디에 있느냐

세상의 칼날 끝으로, 절둑거리며

엇모리 장단으로 거슬러 오르느냐

구정물이 되어, 세상의 가장 더러운

구정물로 떠돌며

기다리는가?

제풀에 미친 세상의 끝에서

흘러가는가?

일어나라 일어나라 소리여

눈물만 한 사랑이 어디 있느냐

슬픔만 한 믿음이 어디 있느냐

—「노래 4」전문

　물질 만능의 세상에서 '소리'는 "절둑거리며/엇모리 장단으로 거슬러 오르"고, "세상의 가장 더러운/구정물로 떠돌"고 있다. 타락한 소음들이 넘쳐나는 지금-여기서 사라진 '소리'에 대한 시인의 간절한 소망이 드러난다. 시인은 "소리여, 너는 어디에 있느냐", "미친 세상의 끝에서/[…]/일어나라 일어나라 소리여" 하고 사라진 '소리'를 찾아 간절하게 부른다. 사라진 '소리'는 물질문명에 의해 소외된 고향의 소리 곧 자연의 소리이다. 그 고향 산천의 자연의 소리가 다름아닌 '청산의 노래'이다.

　하지만 고향의 소리도 사라졌다. 고향의 소리가 사라진 것은 고향이 우리 삶에서 소외되어 있다는 말이다.

우리들의 노래는 별똥별이 되지 못한다.
가난한 봄노래는
감꽃을 세면서 흘러가고
면 단위 추석 콩쿠르 대회에서
일등상을 먹었던 구장터 이모부의
셋째 딸은 집을 나갔다.
아무 기별도 없다.

도리깨 타작을 하면
주녀리콩만 한 것들이, 소리도 없이
먼저 튀어오르는데
아무 기별도 없어서
우리들의 노래는 별똥별이 되지 못한다.

—「노래 2」 전문

　　사람의 삶과 자연의 소외가 악화일로인 세상에서는 생명의 '노래'도 소외되게 마련이다. 삶의 생기를 잃은 노래는 자연의 힘을 잃은 소리이다. 고향 마을에 떠도는 대중가요 소리는 "우리들의 노래는 별똥별이 되지 못한다." 온종일 세속적인 노래들은 넘쳐나지만, 노래는 자연의 생기를 일으키지 못한다. 시인은 고향에서 작위적이고 감각적인 음악과 노래에 취한 이웃들을 본다. "가난한 봄노래는/감꽃을 세면서 흘러가고/면 단위 추석 콩쿠르 대회에서/일등상을 먹었던 구장터 이모부의/셋째 딸은 집을 나갔다./아무 기별도 없다."라고 시인은 적어놓는다.

시인 윤중호에게 소리는 문명이 만든 작위적인 소리가 아니다. 근대 문명에 의해 파괴당하고 막다른 지경으로 내몰린 자연의 소리이다. 그리하여 시인은 '자연의 소리'를 듣기 위해 애쓴다.

> 자네 보았나?
> 저렇게 여린 꽃대궁에
> 얼굴 부비며
> 강보다 더 빨리 궁구는
> 새벽 안개를,
> 들어보았나?
>
> ─「노래 5」부분

윤중호가 「靑山을 부른다」 연작 스무 편에 이어 「노래」 연작 다섯 편을 썼다는 것은 여러모로 의미심장하다. 청산의 존재를 '부르다' 보니 '청산의 노래'를 깊이 사유하게 된 것이다.

따라서 청산의 노래는 자연의 소리이니, 윤중호의 시가 자연에 깊이 부합하는 고향의 언어를 찾고 그 고향의 소리 언어를 잃지 않으려 무진 애를 쓴 사실은 깊이 주목되어야 한다. 윤중호가 스러져가는 고향의 말투와 방언이니 사투리 등 '소리말'들을 찾아 일일이 먼지를 털고 아름다운 시어로 살려낸 철학적·미학적 배경이 바로 여기에 있었던 것이다. 그것은 쑥부쟁이, 질경이를 비롯한 하찮은 들풀들의 소리이거나 고향 강가에서

듣던 강물 소리이거나 온갖 스러져가는 사물들이 내는 신음 소리이거나…….

시인 윤중호의 세계관은 천지간 조화造化로서의 생명관과 다르지 않으니, 이성적인 존재를 넘어 '천지간에 가장 신령한 존재로서 사람[最靈者]'으로 돌아감을 뜻하는 원시반본原始返本의 뜻이 깊이 자리잡고 있다. 나로선, 윤중호가 찾아 헤맨 '청산'의 존재는 '최령자最靈者'로서 지인至人이 아닌가 생각한다. 이성적 근대인을 넘어선 '비근대인'은 '가장 신령한 존재'라 할 수 있다. 윤중호의 시가 품고 있는 드높고 아름다운 메시지는 시인 자신이 알게 모르게 시인의 존재를 시천주 또는 최령자의 진정한 화신임을 보여주고 스스로 실천했다는 점에 있지 않을까. 생명계에서조차 소외된 '들풀'이 내는 '소리'를 듣고 바로 볼 수 있는 '시천주-최령자'로서의 시인. 윤중호 시에서 최령자로서 시적 자아는 힘없고 소외된 존재들에게 하염없는 관심과 깊은 마음을 표한다. "하찮은 풀잎이나 못 쓰는 돌멩이도 자라서/계곡을 심고, 그곳에 뭇짐승을 키운다."(「靑山을 부른다 3」) 여기서 시인의 훌륭한 스승인 문학평론가 김종철 선생이 시인 윤중호를 회고한, 정곡을 찌르는 말이 다시 떠오른다. "시인 윤중호는 […] 무엇보다도 사회의 밑바닥 사람들과 함께 있는 것에서 행복을 느낀 철저한 '비근대인'이었다."

응당 '최령자'로서 '비근대인'인 시인은 "풀잎이나 못 쓰는 돌멩이도 자라서" 부르는 노래를 보고 듣는다. 청산에 가득한 조화의 노래를. "아주 낮은 숨, 하나를 키"(「靑山을 부른다 3」)위서 부르는 아주 낮고 낮은 '들풀의 소리'를.

青山은 어디에 있는가?

함부로 부는 바람에
나뭇잎 깨어나는 소리, 저 높은 곳
두런대는 산들의 소리 들리는데…….
— 「青山을 부른다 1」 부분

6. 가난한 저잣거리의 시인, 진흙 속의 연꽃

칼 융C.G.Jung에 기대어 말하면, 시인 윤중호가 다다른 '청산'
의 경지는 자아가 지닌 비좁은 의식의 흐름과 가늠키 힘든 무의
식의 심연을 자기 마음에 통합하는 심리적 '대극對極 합일'의 상
태를 가리킨다. 삶에서 고투와 자기 정진을 통하여 '자기실현'
을 이루고 마침내 '자기 원형'이라는 정신의 보편성으로서 청
산을 만난 것이다. 청산은 모든 사람 안에 잠재해 있는 부처와
도 같다.

그러나 중요한 사실은, 시인 윤중호는 결코 세속을 떠나지 않
고 오히려 비루하고 가난한 저자를 찾았고 그 저잣거리에서 마
침내 청산을 만났다는 점이다. 윤중호는 더러운 세속을 깔보거
나 버리지 않았고 세속에서 정직하고 소박한 삶을 살며 시를 썼
다. 그 자신 겸허하게 가난한 이웃의 삶과 동행하였고 자기를

낮추고 또 낮추며 사회적 의로움을 행하였다. 이런 까닭에 시인 윤중호는 대승불교적 자각에 이른 큰 보살菩薩이라는 생각을 갖게 된다. 또, 저 중국의 늙은이는 화광동진和光同塵이라 했던가, 윤중호의 모든 시편들은 여명같이 맑고 은은한 빛을 띤다.

올해는 벗 윤중호 시인이 이승을 하직한 지 18년이 되는 해이다. '세상은 여즉 이 모양'인데 그리운 시인은 저 하늘가에서 눈에 익은 예의 너털웃음 표정만 지을 뿐 말이 없구나. 오래전 순간들이 주마등처럼 떠오른다……. 벗 중호가 갑자기 중병으로 누웠다는 소식을 접하고선 며칠 후 누이인 연택(蓮澤: 속명 京淑) 스님이 있는 충북 옥천 소재 작은 선원禪院에서 요양 중이던 벗을 찾아간 기억이 난다. 따가운 늦여름 햇살이 들녘에 촘촘한 벼들을 노랑물 들이던 어느 오후, 투병 중인 벗 중호에게 차를 몰고 길을 물어 찾아갔다. 선원의 좁은 마당에서 만난 우리 둘은 반가운 인사를 짧게 나눈 후 대화를 제대로 잇지 못하던 중, 저녁 산 그림자가 마당에 반쯤 내려왔을 즈음, 잠시 무거운 분위기를 벗어던지듯, 벗 시인은 담담히 말했다. "이러지도 저러지도 못하게 꼼짝없이 죽게 되었어." 벗의 말 속에는 '재수 없이 일찍' 죽음을 수락할 수밖에 없게 되었다는 쓸쓸한 탄식 그리고 남겨진 가족들에게 미안함과 염려의 마음이 사무치듯이 깊이 새겨져 있었다. 그날 해가 지면서 어둑해지는 절간 옆 공터에서 벗에게 투병 의지를 잃지 말라는 간절한 당부를 남기고 헤어졌고, 그날 밤 이슥도록 술에 취했던가. 너무 급속한 병세 악화로 그해 9월 3일(음력 7월 19일) 벗은 영면에 들었고, 나와는 그날 오후의 만남이 벗과의 마지막 인사가 되고 말았다. 귀신도 펑펑 울고 갈 가난한 시혼이 세상을 떠난 것이다…….

이제, 『윤중호 시전집: 詩』에 붙이는 '해설'을 마치면서 잠시 나 개인적으로 쓸쓸한 추억을 회고하고자 한다. 벗 송재면, 그리고 벗 윤중호. 1976년 대학 신입생 시절 어느 봄날에 '철없는 반항아'에게 싱그런 아카시아 향기처럼 문득 찾아온 시인 송재면. 나는 벗 재면을 통해 처음 시를 접하게 되었다. 시를 모르고 외려 우습게 알던 나에게 시라는 존재를 처음 소개한 것이다. 그리고 며칠 후던가, 재면은 시인 윤중호를 소개했고 그 즉시 우리는 벗이 되었다. 무심한 세월은 속절없이 흘렀고 1990년대 말 재면은 스위스 취리히에서 갑작스런 와병으로 세상을 떠났고, 며칠 후 재면의 고향집이 있는 대청댐 옆 동면 마을에서 유골함에 담긴 벗의 넋을 마주했다. 그날 밤늦게 서울서 내려온 벗 중호와 독하게 술을 마셨던가. 무심한 하늘이 야속했던가. 돌아보니 두 벗 세상을 뜨기엔 너무 이른 나이였다.

금강 원둑길 따라 느릿느릿 걸어와
비죽이, 황소 웃음으로 세상 넉넉히 채우더니
볼장 다 본 세상, 볼 게 뭐 있느냐고
마른 입맛 다시며
문득 강 안개 사이로 사라진 친구여,
밤새 마셔도 목말라
방아실 골안개 지기 전에

눈물 흔적 지울 수는 있지만, 어찌 볼거나

고향 가는 길옆, 그대 무덤가에

움쑥 자라는 봄풀을……

—「엎드려 절하며 쓰는 글—故 송재면에게」 전문

　홀로 이승에 남겨져 두 벗을 그리노라, 두 해맑은 시혼을 목 놓아 부르노라.

우리가 모두 돌아가야 할 길

김종철(문학평론가)

작년 여름 20년 넘게 살았던 대구에서의 생활을 작파하기로 하고, 서울로 이사를 한 며칠 뒤 나는 그에게 전화를 걸었다. 그러고는 다음 날 내가 그의 사무실로 찾아가겠노라고 약속을 했다. 그러나 그때 전화 속으로 들려온 예의 그 어눌하고 둔탁한 목소리가 이번 생에서 내가 듣는 그의 마지막 목소리가 되리라고는 전혀 몰랐다.

나는 그다음 날 약속을 지키지 못했고, 그 후 얼마 뒤 그가 입원을 했다는 얘기를 듣고도, 또 병원에서 나와 시골로 가서 몸을 추스르기로 했다는 소식을 들으면서 내심 걱정이 되면서도, 차일피일하다가 돌연히 부음을 듣고 말았다. 보통 사람들과는 다른 구석이 있으니까 그리 쉽게는 가지 않으리라고 막연히 믿고 있다가 막상 부음을 듣고는 후회막급이었다. 하지만, 소용없는 일이었다. 늘 말이나 행동이 느긋하던 사람이 이승을 떠나는 길에서는 그토록 서둘 것이라고 나는 전혀 생각지 못했던 것이다.

우리는 대개 사람이 자기 옆에 있는 동안에는 그가 얼마나 소중한 존재인지 잘 모르는 법이다. 그런데 나는 윤중호가 우리들에게 얼마나 소중한 사람이었는지는 차치하고, 도대체 그가 과연 어떤 인간이었는지조차 잘 알지도 못하고 지내온 게 아닌가 하는 생각이 지금 든다. 왜냐하면 지금 이 시집에 군말을 붙이기 위해서 그가 남긴 몇몇 시와 산문집을 며칠 동안 꼼꼼히 읽고 난 뒤 나는 그동안 내가 윤중호에 대해 알고 있다고 생각한 것은 극히 표피적인 것이었다는 느낌을 지울 수 없기 때문이다.

내가 윤중호를 처음 만난 것은 1975년 가을이었다. 그때 나는 충청도의 한 대학에 전임교원 발령을 받아 막 부임을 한 참이었는데, 그 학교에서 문학 공부를 하고 있던 학생들에게서 자기네 서클의 지도 교수가 되어 달라는 요청을 받고 거기에 응한 게 계기가 되어 곧 그들과 친밀한 사이가 되었다. 수년 뒤에 나는 그 학교를 떠났고, 그때의 학생들도 각자 자기들의 인생을 찾아 흩어졌다. 지역적으로 떨어져서 사는 관계로 자주 만나지는 못하지만 그중 몇몇 사람과 나는 적어도 마음으로는 늘 친밀한 벗으로서 우정을 나누며 지금까지 지내왔다.

지금 돌이켜보면, 그들은 이미 학생 때부터 내게는 친구이자 스승들이었다. 박정희 시대 말기의 가혹한 정치적 억압 밑에서 대학 캠퍼스의 분위기는 늘 흉흉하고 긴장되어 있었다. 그랬기 때문에 학생들의 의식은 날카로웠고, 그런 학생들과 함께 책을 읽고 문학에 관해서 생각을 나눈다는 것은, 내게는 단순히 연구실에서 혼자 책을 읽고 글을 쓰는 생활에서는 기대하기 어려운 큰 지적, 정신적 자극이 되었다. 뿐만 아니라, 대개 인근 농촌 출신의 대학생인 그들에게는 정치적 독재에 대한 강한 반감 외에 가령 서울의 대학생들에게서는 찾아보기 어려운 강한 자의식이 있었다. 즉, 그들은 새마을운동이니 뭐니 하는 소용돌이 가운데서 나날이 피폐해져 가는 농촌의 살림살이에 비추어 자신들이 대학에 다니는 것의 의미가 무엇인지 늘 괴롭게 자문하고 있었다. 그리하여, 나는 이들과의 사귐을 통해서 나 자신이 오랫동안 잊고 지내왔던 한국의 농촌과 농민의 현실을 곰곰 생각해보기 시작하였고, 그러는 동안 흙에 뿌리박은 삶을 경시하는 어떠한 근대적 사회변혁의 논리도 허구적일 수밖에 없을 것이라는 생각에 점점 깊이 열중하게 되었다.

그러나, 그때 그 학생들 중 나이가 제일 어린 축이던 윤중호는 나와 가장 친근하게 지내면서도 또 내게 가장 반항적인 학생이었다. 아마 다른 학생들도 내색은 하지 않아도 속마음은 같았는지 모르지만, 윤중호는 종종 드러내놓고 내가 '팔자 좋은' 교수의 한 사람인 것에 대해서 못마땅해했다. 윤중호를 아는 사람은 누구든지 소위 세상에서 성공하고, 출세했다는 사람들에 대한 그의 뿌리 깊은 불신이나 혐오감을 접해본 적이 있겠지만, 이 점에서는 그는 이미 학생 때부터 유별났던 것이다. 그런데, 이번에 고인이 정리해두고 간 유고 시집의 원고를 차근차근 읽어보면서 나는 예전 학생 때 윤중호가 때때로 나에게 시퍼런 눈빛으로 대들던 그 반항적인 자세의 뿌리에는 그의 고향과 고향 사람들에 대한 한없는 애정이 있었다는 것을 새삼스럽게 깨달

왔다. 젊었을 적에는 누구나 서투른 법이다. 그는 자기 고향과 고향 사람에 대한 남다른 사랑의 감정을 승화된 형식으로 표현할 수 있는 능력은 아직 갖추지 못한 채 그런 식의 반항을 통해서 자신이 무엇을 깊이 사랑하는지를 말하고 있었던 것이다.

윤중호가 왜 그다지도 고향을 사랑하고 있었는지, 그 내면세계는 잘 알 수 없지만, 아마도 그것은 어렸을 때부터 아버지에게서 버림받은 자신의 어머니와 떨어져 지내야 했던 그의 성장기의 쓰라린 경험과도 관계가 있었을 것이다. 나는 윤중호가 학생 때 몇 번인가 술자리에서 울면서 어머니에 대한 애틋한 그리움에 온몸을 떨던 것을 기억하고 있다. 그럴 때 그의 모습은, 이번 유고 시집에 나오는 그 자신의 표현대로, 마치 "살 맞은 산짐승처럼"(「초파일 연등제」) 나뒹구는 것이었다. 그토록 상처가 깊었기에 그만큼 격정적이기도 했지만, 한편으로는 그 상처로 인해서 윤중호의 약자에 대한 거의 본능적인 연민이 깊어졌는지도 모른다.

지금 문득 그의 첫 시집 『본동에 내리는 비』를 처음 받아 읽었을 때 내심 조금 놀랐던 일이 생각난다. 솔직히 예전에 나는 윤중호가 활동하던 문학 서클의 명색 지도 교수였지만, 내게는 지도할 능력도, 또 지도할 필요도 없었다. 그 서클의 중심 멤버들이 나중에 졸업 후 『삶의문학』이라는 동인지 활동을 본격적으로 하게 될 때도 그랬지만, 학생 시절에도 그들은 타고난 재능도 있었을 뿐만 아니라 이미 시적인 언어를 구사하는 능력에 있어서 대부분 자기 나름대로 훈련이 되어 있어서 당시 어떤 기성 시인들에 견주어도 손색이 없었다. 그런데 적어도 내가 보기에 예외가 있었는데, 윤중호 그였다. 그가 써서 내놓는 작품은, 하고 싶은 얘기가 많다는 인상을 주면서도 대체로 생경한 언어에다가 미숙한 표현이기 쉬웠다. 이것은 훈련으로 될 일이 아닌 것 같았다. 내 생각에는 기본적으로 언어를 다루는 선천적인 재능이 그에게 모자란 게 아닌가 싶었고, 그래서 나는 윤중호가 계속해서 시를 쓰도록 장려한다는 게 과연 옳은 일일지 가끔 생각하곤 했다. 그러나 이 예민한 젊은이가 어떻게 받아들일지 몰라서 끝내 그의 작품에 대한 내 솔직한 감상을 얘기하지 못하고 그 학교를 떠났던 것 같다. 그런데 여러 해가 지나, 그동안 그가 어디서 무엇을 하며 지냈는지도 자세히 알지 못한 내게 부쳐온 그의 첫 시집을 보고서 나는 무척 놀랐던 것이다. 이것은 예전에 내게 서툰 시를 보여주던 그 솜씨가 아니었다.

『본동에 내리는 비』는 그의 첫 시집이면서도 이미 아무도 흉내 낼 수 없는 자신의 독창적인 목소리와 스타일을 드러내고 있었다. 나는 그가 이처럼 충청도의 밑바닥 언어를 자유롭고 풍부하게 구사하면서 소위 근대화 과정에서 끝없이 소외당해온 사람들의 일상과 그 내면을 깊은 연민과 공감 속에서 애절하게, 때로는 해학적으로 묘파하는 뛰어난 시를 세상에 내놓으리라고는 전혀 예상하지 못했던 것이다.

그러나, 결국 시적 언어는 솜씨의 문제가 아니다. 그사이 그는 많은 시련을 겪었고, 그런 경험들을 통해서 인간적으로 큰 사람이 되어가고 있었던 것이다. 나는 윤중호가 군대를 다녀와서 학교를 졸업하고 아무것도 없이 상경하여 서울 생활에 고달 프게 적응하여 간다는 것을 어렴풋이 알고는 있었으나『본동에 내리는 비』를 보기 전까지는 그가 얼마나 간고顯苦한 삶의 비탈 을 헤매고 있었는지 미처 모르고 있었다.

하지만, 나는 그가 자신의 생활의 고단함에 대해서 말하는 것 을 들어본 적이 없다. 잡지사 기자 생활을 할 때에도, 실직 중이 었을 때에도, 그리고 나중에 독립하여 작은 출판기획사를 운영 할 때에도 나는 자세한 내용은 모르지만 어쩐지 안심이 되지 않 아 간혹 전화를 걸어 지내는 게 어떠냐고 물어보면 그는 늘 "괜 찮으유."라고 느긋한 목소리였다. 오히려 내가 그의 걱정을 듣 는 편이었다.

생각해보면, 윤중호는 내가『녹색평론』을 시작한 이후에 가 장 정신적으로 많이 의지해온 사람이기도 했다. 1991년 가을에 나도 모르는 어떤 억누를 수 없는 충동 때문에 학교 연구실에 서 뛰쳐나와『녹색평론』의 발행을 시작했을 때 나는 책의 출판 에 따르는 실무와 보급 문제 따위에 관해서 아는 게 전무했고, 실제로 초창기에는 그런 문제와 관련해 여러 번의 위기가 있었 다. 그때마다 나는 윤중호의 '들풀기획'의 도움을 받아서 위기 를 넘기곤 하였다. 뿐만 아니라, 창간 때부터『녹색평론』은 매 호 몇 편의 시를 싣는 것을 원칙으로 해오고 있지만, 때때로 편 집 마감이 다 되도록 마땅한 작품이 없는 경우가 있다. 그때마 다 내가 손쉽게 문제를 해결하는 방법은 윤중호에게 전화를 거 는 것이었다. 그러면 며칠 사이에 그 자신의 작품 아니면 그가 좋아하는 다른 시인의 작품을 편집실로 부쳐왔다. 그리고 그것들은 대개 읽을 만한 작품이었다.

　그러나 그런 가시적인 도움보다도 오히려 더 절실했던 것은 우리들이 나눈 정신적 공명共鳴이었다. 그는 대놓고 내게 한 번도 말한 적이 없지만, 내가 왜, 어떤 마음으로『녹색평론』을 발행한답시고 사서 고생하고 있는지를 누구보다도 잘 이해하고 있었다. 연전에 나온 그의 산문집『느리게 사는 사람들』의 한 대목에서 그는 나를 가리켜서 "이 세상이 진보라는 이름으로 쌓아올린 여러 가지 혜택이 결국은 우리 모두를, 이 땅 위에서 살고 있는 모든 생명을 망가지게 할 것이라는 걸 이론이 아니라 몸으로 느끼는 그런" 사람이라고 말하고,『녹색평론』은 "그저 그런 생각을 함께 나눠 가지려는 작은 몸짓일 뿐이다."라고 설명하고 있었다. 나는 이 구절을 보고 부끄러우면서도 몹시 반가웠다. 일찍이 우리는 정색을 하고 이런 얘기를 나눈 적이 없었고, 그동안 나는『녹색평론』을 계속 내면서도 이렇게 간단명료하게 내 입장을 토로해본 적이 없었다. 그런데도 윤중호는 내 속마음을 다 알고 있었던 것이다. 그리고 무엇보다도, 내가『녹색평론』을 내는 게 어떤 거창한 사회운동을 위해서가 아니라, 그저 여러 사람들과 "그런 생각을 나눠 가지려는 작은 몸짓일 뿐"이라고 하는 그의 설명에 대해서 감탄이 절로 나왔다.

　그런데, 이번에 유고 시집『고향 길』을 읽으면서 나는 윤중호가 내게 했던 말은 실은 고스란히 그 자신에게 되돌려져야 할 말이라는 것을 느끼지 않을 수 없었다. 이 시집은 한마디로 "우리 모두 돌아갈 길"(「고향 길 1」)에 관한 절절한 이야기이다. 이 것은 적어도 내 생각으로는 역사상 가장 파괴적이고 어리석은 이 시대에 있어서 가장 근원적인, 그러면서 지금 우리들에게 가 장 필요한 이야기이다. 윤중호는 이러한 이야기를 이른바 근대 화니 산업화니 하는 것으로 우리의 삶이 돌이킬 수 없이 뒤틀리 기 이전의, 아직은 명맥을 유지하고 있던 풀뿌리 토박이 삶과 그때의 자연 풍경을 애틋하게 기억하는 예민한 감수성에 의지 하여 깊고 생생한 언어로 전달하고 있다.

조금 과장하자면, 나는 이번에 이 유고 시집의 원고를 하나하 나 주의해서 읽어보면서 충격을 받았다. 나는 윤중호가 이토록 아름답고 깊고 애절한 절창絶唱을 남겨놓고 갈 것이라고는 예상 하지 못했다. 적어도 내게는 이번 유고 시집은 한국 현대시 역 사 전체를 놓고 볼 때도 드물게 뛰어난 시적 성취를 보여주는 것으로 생각되는 것이다. 이 시집은 크게 보면 백석의 『사슴』이 나 신경림의 『농무』의 맥을 잇는 세계이면서도 어떤 점에서는 그 시집들보다도 한걸음 더 나아간 진경을 보여주고 있는 게 아 닌가, 그런 느낌이 들었다. 나는 시인으로서 윤중호가 어떤 시 적 변모와 발전의 궤적을 밟아왔는지 꼼꼼히 살펴본 적이 없다. 그러나 『본동에 내리는 비』도 훌륭했지만 이번 유고 시집은 그 동안 그가 시의 언어를 다루는 기술에서뿐만 아니라 한 인간으 로서도 크게 성숙해왔음을 확연히 말해주고 있다.

이 시집에 실린 작품은 한결같이 고른 성취를 보여주는 것이 고, 그래서 모두 우리가 주의 깊게 읽어볼 만한 것들이지만 그

중에서도, '주말농장'의 경험에 대해서 얘기하고 있는 시「일산에서」에 나오는 다음과 같은 구절은 정말 놀랄 만하다.

> 일산시민모임에서 땅을 빌려 만들었다는 주말 텃밭
> 쇠비름만 자라는 다섯 평짜리 박토지만
> 이름은 어엿한 주말농장
> 글쎄 그런 걸 해도 괜찮을까?
> 무공해 채소가 어떠니, 흙을 밟는 마음이 어떠니
> 이런 막돼먹은 생각을 해도 괜찮을까?

이러한 구절을 쓸 수 있는 사람은 어떤 사람일까? 지금 우리들이 아무 생각 없이 주말농장이니, 농촌 관광이니, 유기농이니, 심지어 웰빙이니 하면서 딴에는 슬기롭게 살아간다고 하는 방식들이 실은 근본에서부터 뒤틀린 짓이라는 것을 이해하고 있는 사람도 드물겠지만, 나아가서 산업주의 문화에서 파생한 갖가지 위기를 그런 식으로 '해결'하려고 하는 사고방식 자체가 이미 근원적인 '죄악'일지도 모른다고 인식할 수 있는 사람이 과연 이 사회에 얼마나 될까? 아마도 이것은 소위 근대적 교육의 세례를 받은 지식인들에게는 거의 불가능한 인식이 아닐까?
물론 윤중호가 처음부터 이런 근원적인 시각을 갖고 있었던 것은 아닐 것이다. 그도 어쨌든 대학 교육을 받은 사람이고, 어엿한 지식인이었다.「영목에서」라는 시에서 말하고 있듯이, 그도 당대의 다른 많은 '지식인들'과 같이 "한때는 칼날 같은 세상의 경계에 서고 싶은 적이 있었다. 자유라는 말, 정의라는 말, 노동이라는 말, 그리고 살 만한 세상이라는 말, 그 날 위에 서서 스스로 채찍질하며 고개 숙여 몸을 던져도 좋다고 생각했다." 그러나 "이제 이 나이가 되어서야, 지게 작대기 장단이 그리운 이 나이가 되어서야, 고향은 너무 멀고, 그리운 사람들 하나 둘 비탈에 묻힌 이 나이가 되어서야, 돌아갈 길이 보인다."고 시인은 말하고 있는 것이다. 그 길은 "아무것도 이룬 바 없으나, 흔적 없어 아름다운 사람의 길" 즉, 이름 없는 무수한 풀뿌리 민중, 우리들의 고향 사람들이 살고 돌아간 길이다.

윤중호의 시는 단순한 고향 상실을 노래하는 또 하나의 상투적인 노스탤지어 문학이 아니다. 그가 고향과 고향 사람들의 삶과 죽음의 이야기로 자꾸 돌아가는 것은 근대적 도시 생활의 피로와 고통에서 일시적인 탈출을 통하여 위안을 받기 위한 것이 아니라, 나날이 훼손의 정도가 깊어가는 우리들의 삶의 본연의 모습을 기억하고자 하기 때문이었다. 그리고 그 기억을 위한 노력은, 말할 것도 없게, 소박한 인간성을 옹호하고자 하는 그의 뿌리 깊은 본능에서 나오는 것이었다.

작년 여름 윤중호의 빈소가 마련된 일산병원에서 나는 고인 생전의 다정했던 몇몇 벗들과 함께 밤늦게까지 소주를 마셨다. 나는 그때 첫날 문상객들이 소비한 술값만 800만 원이 넘었다는 얘기를 듣고 내심으로 크게 놀랐다. 내가 아는 한 윤중호는 원래 오지랖이 넓다고 할 수는 없는 사람이었다. 그는 겉보기와는 달리 매우 섬세하고, 사람을 타는 데가 있었다. 그러나, 그는 언제나 아이들을 매우 좋아했고, 아이처럼 소박하고 어리숙한 사람들에게 친화력을 느꼈다. 그래서 그는 언제나 그런 사람들 사이에 있기를 원했고, 또 실지로 그랬던 것이다. 그러고 보니, 하루 만에 800만 원어치 술값이 나가도록 몰려온 문상객들 가운데는 나와 같은 '먹물'도 물론 있었지만, 실은 하루하루 자기 몸으로 살아갈 수밖에 없는, 그가 주로 길거리에서 지나가다 만나 소주를 나누고 그들의 살아가는 얘기에 귀를 기울였던 '이름 없는' 사람들이 적지 않았다. 시인 윤중호는 사람을 아끼는 게 제일이라는 믿음에 투철했고, 무엇보다도 사회의 밑바닥 사람들과 함께 있는 것에서 행복을 느낀 철저한 '비근대인'이었다.

윤중호의 삶

1956. 2. 5.

충북 영동군 심천면 심천리에서 윤기만(본관 파평)과 박유순(본관 밀양)의 2남 1녀 중 장남으로 태어났다. 생가 근처에 유유히 흐르는 금강 상류의 한 줄기인 '지프내'(심천, 양강천과 송천이 합류하여 깊은 내를 이루었다는 뜻에서 나온 이름)는 평생 시인의 마음의 고향이었고, 낡은이강, 망실고개, 망실호랭이굴, 심천장터, 용암사, 짝바우 등은 그 물줄기 주변의 고유 지명으로 시인의 시적 원천이 되었다.

1963.~1967.

심천초등학교에 입학하였고, 5학년 때 대전 신흥초등학교로 전학하면서 어머니와 함께 대전으로 이사했다.

1968. 8.

신흥초등학교 6학년 때 서울로 가출했다가 무뢰배에 잡혀 고생하다 탈출했다. 어머니, 막내 동생과 충북 옥천군 이원면으로 이사했다. 이 시절 이원 장터의 다양한 삶의 모습이 시적 원천이 되었다.

1969.

대전 신흥초등학교를 졸업했다. 당시 이른바 모던 보이 스타일이었던 아버지의 두 집 살림으로 초등학교 때부터 어머니와 떨어져 살게 되었고, 어머니에 대한 그리움과 사랑은 '지프내'의 심상과 함께 늘 그의 삶과 작품의 원천이 되었다. 3월에 충남중학교에 입학했다. 재학 중 어떤 스님을 따라 산사에 들어앉았다가 며칠 지나지 않아 할머니와 어머니에게 붙들려 돌아왔다.

1972.

충남중학교를 졸업하고 3월에 충남고등학교에 입학했다. 재학 중 학교를 가지 않고 가끔 보문산에 올라 빈둥거리다가 '아주 큰 공부 하고 오는 놈마냥 의젓하게 집에 들어오곤 했다.' 통일교에서 주관 하던 해외파견학생에 선발되었으나, 이에 응하지 않았다.

2학년 재학 시 중학교 3학년이었던 여동생을 데리고 대전 소제동에서 1년 동안 자취 생활을 했다. 이때 남매는 노래를 즐겨 불렀는데, 음악 선생님에게서 배운 오페라 아리아 〈오 사랑하는 나의 아버지 O Mio Babbino Caro〉를 애창했다. 그와 아울러 우리 전통 민요와 대중가요를 넘나들며 노래를 즐겨 불렀다. 이때 발견하고 닦은 타고난 음감과 노래 실력으로 후일 대학생이 되고, 사회인이 되어 1970, 1980년대 군사독재에 시달리던 많은 청년들과 지식인들, 소외된 민중들의 마음에 안식과 희망을 불어넣어 주었다.

1974. 3.

대전 선화동 아버지 집에서 생활하게 되었다.

1975.

숭전대학교(현 한남대학교) 문과 계열에 입학해, 교내 문학동아리 '여명문학회'에 가입하여 입대 전까지 활동했다. 이때 지도를 맡았던 문학평론가 김종철 교수를 만나 사제 관계를 넘어, 이후『녹색평론』편집 일에 참여하는 등 많은 일을 했다. 뛰어난 기타 반주 실력과 노래 솜씨를 바탕으로 청림축전 장기자랑에 출전하여 당시 유행하던 포크송을 친구와 이중창으로 불렀다. 축구와 달리기도 잘해 당시 많은 교우들에게 인기가 높았다. 입대 전까지 광범위한 독서와 열정적인 시 습작에 몰두하였다. 문학 분야 외에도 교내 채플 성가대에 베이스 파트로 참여했고, 축구 동아리 등 학내의 다양한 활동에 왕성하게 참여했다. 음주가무 또한 타의 추종을 불허했다.

1976.

3월에 문과 계열 전공 학과를 결정하는 과정에서 국어국문학과를 지원했으나, 복장과 외모가 단정치 못하다는 이유로 거부당하여 영어영문학과생이 되어 오히려 김종철 교수의 밀접한 지도를 받게 되었다. 전공과목 시험 준비 시 이론적인 내용 암기보다는 그에 해당하는 영시를 통째로 외워 그걸 바탕으로 답안을 만들어내기도 했다. 4월에 독서모임 '탈선시대'(모든 것이 엉망이었던 당시 유신체제 사회상을 풍자한 명칭)를 결성하여, 김종철 교수를 모시고 활동했다.

1977. 3.

문학 동인지『창과 벽』의 창립 동인(이은식, 유도혁, 이은봉, 정인우, 채진홍, 김영호, 김종관, 조만형, 조기호, 전인순 등)으로 참여했다. 이는 훗날 농민 현장 문학의 선도 역할을 했던『삶의문학』의 모태가 되었다.

1977. 6.

전경 36기로 군에 입대해 부여경찰서에서 근무했다.

1978.

부여기동대 근무 시「구두레 나루터에서」등, 당대 사회에 대한 저항적인 시를 발표했다.

1979.

1월에 부산기동대로 전출되어 그해 10월 부마항쟁의 역사 현장을 몸으로 체험했다. 부산, 마산, 울산을 오가며 시위대를 막는 고통스런 임무를 하게 되었다. 11월에 만기 제대했다.

1980. 3.~8.

복학을 미룬 채, 안면도 소재 누동학원(야학의 성격을 띤 일종의 재건학교)에서 가정 형편이 어려워 정규학교에 들어가지 못한 학생들을 가르치며 생활했다. 급료도 없었고, 쥐똥이 널려 있던 다락방에서 잠을 자는 등 곤궁하여 몹시 어려운 생활을 할 수밖에 없었지만, 아이들과 동료 교사와 학교에 대한 무한한 애정을 품고 헌신적으로 노력했다. 누동리를 돌아다니며 학생들에게 풀 이름, 꽃 이름과 여러 노래들을 가르쳐주었고, 그중 누동학원과 그 지역 정규 학교 안남중학교 간 축구 대회 때 누동학원 학생들이 부른 반전 노래 〈Where Have All the Flowers Gone〉으로 안남중학교 교사들을 놀라게 했다. 학생들의 글을 모아 『누동학보』를 발간했다.

6월. 광주에서 벌어진 신군부의 학살 사건으로 모두 긴장해 있던 어느 날 새벽, 다락방에서 홀로 꽹과리를 두드리며 진혼굿을 했다.

7월. 누동학원 생활 중 특수절도 누명을 쓰고 서산경찰서로 연행돼 삼청교육대에 끌려갈 위기를 맞았으나, 안남중학교 교사들의 탄원과 서산교육청장의 도움으로 풀려났다.

8월. 누동학교가 폐교되는 아픔을 현장에서 겪었고, 이때 추던 곱사춤 이야기는 지인들 사이에서 전설처럼 떠돌았다. 훗날 이 시기를 커다란 자부심과 사랑으로 자주 회상하곤 했고, 안면도에 갈 일이 생기면 터만 남은 이곳을 가끔 방문하기도 했다.

1980. 9.

3학년 2학기로 영어영문학과에 복학했다. 이때부터 1982년 2월까지 대전 시내 소재 BBS 야학의 교사로 봉사했다. 이때 만난 제자들과 지속적으로 만나며 끈끈한 인간관계를 맺었다. 누동학원 제자와 동료 들과도 계속 인연을 이어갔다.

1981. 3.

「안면도」로 다형문학상을 수상했다.

1982.

2월에 숭전대학교를 졸업하고, 3월에 어문각출판사에 입사했다. 어문각에서 발행하는 청소년 잡지 월간 『여고시대』의 편집기자로 일했다. 이때부터 남다른 인물 사진 솜씨를 발휘했다. 4월에 한없는 사랑을 베풀어주시던 할머니가 대전 선화동에서 별세하셨다.

1983. 3.

동인지 『창과 벽』이 무크지 『삶의문학』으로 확대 개편되었다. 『삶의문학』 5호에 「겨울보리」 외 4편의 시를 발표하는 등 왕성하게 작품을 창작하고 동인 활동에 적극 참여했다.

1983. 12.

자유실천문인협회 재창립 회원으로 참여했다.

1984.

계간 『실천문학』으로 등단했다. 일지사에 근무했으며, 4월에 월간 『자동차생활』을 창간하여 취재기자로 참여했다. 『삶의문학』 6호에 「안면도」 연작 등 소외된 세계를 형상화한 시를 발표했다.

1985.

『자동차생활』, 『소비자시대』, 『주부생활』 등에 객원기자로 출입했다. 『우리시대』의 편집장으로 일하면서 신상철, 장한기, 윤재철, 장영도 등과 교류하며 전성기를 보냈다. 이때 같은 출판사에 근무하던, '이 여자는 나 아니면 안 되겠다'고 생각한 홍경화 씨를 만난다. 이정화, 강병철 등과 함께 노량진 본동 비탈집에서 자취생활을 했는데, 마을 주민들이 간첩으로 신고를 해서 고생했다. 『실천문학』 여름호에 「본동일기」 외 3편을 발표했다. 실천문학사에서 출간된 『삶의문학 시선집』(조재훈 편)에 「흑석동」 외 10편을 발표했다.

1986.

남녘출판사에서 김성동, 유도혁, 임우기, 조재도, 전인순, 조성일, 이병훈 등과 편집회의를 하며, 『나는 선생님이 좋아요』, 『해란강의 아이들』 등의 책을 펴냈다.

1987. 6.

6월항쟁 당시 이한열 열사 장례식에서 이애주의 살풀이춤 장면을 뛰어난 사진 촬영으로 형상화했다. 당시 여러 신문사와 잡지사 기자들이 윤중호의 사진을 썼다.

1987. 9.

민족문학작가회의 창립 회원으로 참여했다.

1988.

월간 『새소년』 편집주간으로 근무했고, 그해 10월부터 1989년 4월까지 보리출판사 편집장으로 초기 기획과 편집에 참여했다. 11월에 첫 시집 『본동에 내리는 비』를 문학과지성사에서 펴냈다. 당시 문학과지성사 편집위원 겸 편집장으로 있던 친구 임우기의 권유로 첫 시집을 상자했다.

1989. 3.~11.

3월에 대전에서 홍경화(본관 남양)와 결혼했다. 윤구병 교수 부녀가 주례와 축하 연주를 맡았다. 동료 문인들부터 택시 기사까지 수많은 사람들이 그의 신혼집을 드나들 정도로 사람을 보듬는 마음으로 살았다. 5월에 『중부신문』사 기획실장으로 부임해 가족과 함께 대전으로 이사했다. 9월에 신문사를 그만두고 다시 서울로 이사했다. 11월에 첫 아들 '석의'(두레)가 태어났다.

1990.

10월에 한상균, 장영도와 함께 들풀기획사를 차렸다. 11월에 청소년 장편소설 『눈먼새 날개펴다』를 푸른나무에서 펴냈다.

1992.

2월에 민족문학작가회의 이사로 선임되어 이후 2년 동안 작가회의 기관지 『작가회의 회보』를 책임 편집했다. 3월에 둘째 아들 '태의'(결)가 태어났다. 5월에 환경 잡지 『곷됴쿄 여름하나니』에 편집 책임자로 참여했다. 송기원의 소개로 『국선도』 전 3권의 편집을 담당했으며, 이때부터 국선도 수련과 인연이 시작되었다. 6월에 『곷됴쿄 여름하나니』를 『생명나무』로 이름을 바꾸어 간행했으며, 같은 해 10월에 종간했다. 7월에 가까운 벗 가족들과 정을 나누며 살아가자는 뜻으로 마곡사에서 '우금치'라는 모임을 결성했다.

1993.

송기원의 소개로 원경 스님(박헌영의 아들)과 대담하며 『이정 박헌

영 전집』(전 9권) 발간을 위한 '그 10여 년의 고통'이라는 편집 작업에 2003년까지 참여했다. 11월에 두 번째 시집『금강에서』를 문학과 지성사에서 펴냈다.

1996. 7.

격월간 잡지『세상의 꿈』을 창간하여 발행인으로 참여했으며, 1997년 12월 제7호까지 발행했다.

1997.

1월에 채진홍과 함께 여수 애양원(100년이 넘는 역사의 한센병 치료와 민주공동체의 산실)을 1차 방문하여 취재와 사진 촬영을 진행했다. 3월에 격월간 잡지『선』을 월간『사람들』로 제호를 변경하였고, 1997년 12월까지 발행했다. 5월에 충청권 시사주간지『참소리』의 서울판 편집책임자로 창간에 참여했다.

1998. 2.

세 번째 시집『靑山을 부른다』를 실천문학사에서 펴냈다.

2000.

9월에 1980년대 우리 문화 예술계를 풍미했던 지인들의 삶을 해학적이고 풍자적인 필치로 묘사한 산문집『느리게 사는 사람들』을 문학동네에서 펴냈다. 12월에 김조년, 채진홍과 함께 여수 애양원에 2차 방문하여 취재와 사진 촬영을 진행했다.

2004.

2월 24일 채진홍에게 보낸「윤중혼디 늦었구만요, 이?」라는 편지에「시래기」에 대한 '詩作記'를 적어 보냈다.

5월.동화『지각대장 쌍코피 터진 날』(2002)에 이어『두레는 지각대

장』을 온누리출판사에서 펴냈다. 경쟁 위주의 교육 현실을 거부하
며 두 아들에게 '있는 그대로'의 모습으로 사랑을 베풀던 시인의 세
계관을 담은 작품으로 학교생활에 시달리면서도, 저마다 생각을 슬
기롭게 표현하는 아이들의 세계를 해학적인 문체로 그려냈다.

6월. 그림책 『감꽃마을 아이들』을 온누리출판사에서 펴냈다. 고향
'지프내' 강변에서 사는 아이들의 봄, 여름, 가을, 겨울 이야기로 인
간 삶의 근원적인 의미를 어디에서 찾을 수 있는지를 시적인 문체로
그려낸 작품이다. 그림책 원고 '돌그물'을 함께 탈고했다.

2004. 9.

어머니 곁에서 함께 농사지으며 살고 싶다는 꿈을 이루지 못한 채,
뒤늦게 발견한 췌장암으로 갑작스럽게 세상을 떠났다.

2005. 8.

유고 시집 『고향 길』이 문학과지성사에서 출간되었다.

2005. 8. 20.

영동여성문화회관에서 1주기 추모문학제와 『고향 길』 출판기념회
가 열렸다. 채호기의 발간인사, 문학평론가 정과리의 '윤중호의 시
세계' 강연과 함께 음악가 김선미가 『고향 길』의 서시에 해당하는
「詩」에 곡을 붙이고 노래했다.

2006. 8. 12.

영동문화원에서 2주기 추모문학제가 열렸다. 문학평론가 임우기가
'윤중호 삶과 문학 「엄니의 시: 중호야 녹두꽃이 폈어야」'를 주제로
강연했다.

2007. 9. 8.

영동 송호청소년수련원에서 3주기 추모문학제가 열렸다. 문학평론가 이경철이 '우리말들의 고향: 윤중호의 시'에 대해, 김현정 교수가 '고향 그리고 금강, 삶의 문학의 시원: 윤중호론'에 대해 강연했다.

2008. 9. 12.

영동 송호청소년수련원에서 4주기 추모문학제가 열렸다. 시인 김완하가 '윤중호 시에 나타난 공동체의식'을 주제로, 문학평론가 김사인이 '삶의 진실과 문학'을 주제로 강연했다.

2009. 9. 12.

영동 송호청소년수련원에서 5주기 추모문학제가 열렸다. 소설가 김성동이 '윤중호의 삶과 문학'을 주제로 강연했다.

2016. 8.~9.

8월 27일, 전북 고창 '책마을해리'에서 10주기 추모식과 시비 제막식을 진행했다. 유고 그림책 『돌그물』이 책마을해리에서 출간되었고, 출판기념회와 함께 '시인의 집' 개관식이 열렸다.

2019. 8.~2020. 7.

『옥천신문』의 '옥천인물발굴란'에 윤중호 시인을 주제로 한 글이 열 편 연재되었다.

2022. 2.

시인이 생전에 펴낸 시집 세 권 및 유고 시집 등을 모은 『윤중호 시전집: 詩』(임우기 엮음)를 솔출판사에서 출간했다.

• 연보 작성: 채진홍(소설가)

작품 찾아보기

후원해주신 분들

윤중호 시인을 기억하며 『윤중호 시전집:詩』출간에
귀한 마음을 모아주신 분들께 깊이 감사드립니다.

강병철	김성봉	김한영
강병호	김성중	김환영
강희철	김영근	김흥수
고정숙	김영숙	나해철
공명숙	김영아	노수승
권경자	김영주	노호룡
권종삼	김영호	누동학원 이용숙
김경옥	김완하	대전북포럼
김근수	김용란	마선숙
김동관	김윤태	명주상회
김동수	김은희	목 영
김명기	김인순	박경희
김문창	김제선	박선숙
김미옥	김종관	박소영
김미혜	김종도	박용주
김민배	김종미	박창기
김상묵	김종현	박춘숙
김상배	김진희	방병호
김선향	김충일	배기진

변강훈	양시영	이미례
삼원기획	양운형	이성용
서부영	여인원	이영근
서순희	연미숙	이용래
서용광	오영미	이우인
서정란	오점숙	이원배
성기노	원진호	이은봉
손혁건	유용주	이은식
송가온	유은주	이정화
송어진	유태선	이준학
신경섭	유희경	이지우
신동일	육근상	이지은
신상철	육근아	이창득
신영연	육아리	이화실
신유진	육현수	이희정
신윤영	윤나눌	이희창
신재용	윤석민	임동확
신주용	윤정란	임숙자(모모도서관)
신현근	윤형근	임혜옥
심상우	이강산	장세양
심재훈	이건일	장영도
안병훈	이경이	장원정
안용산	이기영	장원제
안증환	이기혜	장한기
안태균	이나혜	장형우
안학수	이대희	전무용
알모책방	이도찬	전영숙

전 인	조동길	최현미
정덕재	조민정	탁연균
정병규	조성일	표윤명
정병근	조鳥아요	하복희
정은숙	조희숙	하재일
정종배	주미사	한현근
정지창	진옥희	허홍범
정형교	최교진	홍금순
정홍수	최병우	홍대식
정홍윤	최영미	황인렬
조기조	최일화	황인봉
조기호	최정미	황정심
조남명	최진환	황호명

(*가나다순)

• 이 외 이름을 밝히지 않은 네 분이 후원하셨습니다.

『윤중호 시전집:詩』간행위원회

강병철(소설가), 강성률(영화평론가), 고광헌(시인), 김완하
(시인). 김종광(소설가), 나해철(시인), 남기택(문학평론
가), 노지영(문학평론가), 박수연(문학평론가), 방민호(문
학평론가), 양문규(시인), 오봉옥(시인), 유성호(문학평
론가), 육근상(시인), 이동순(문학평론가), 이호준(시인),
임우기(문학평론가), 전무용(시인), 조광희(작가), 조기호
(시인), 조성일(시인), 채진홍(소설가), 한현근(영화평론가)

윤중호 시전집

詩

1판 1쇄 인쇄	2022년 2월 9일
1판 1쇄 발행	2022년 3월 3일
지은이	윤중호
펴낸이	임양묵
펴낸곳	솔출판사
엮은이	임우기
편집	윤진희, 최찬미, 김현지
디자인	이지수
마케팅	이가원
경영관리	이슬비
주소	서울시 마포구 와우산로29가길 80(서교동)
전화	02-332-1526
팩시밀리	02-332-1529
홈페이지	www.solbook.co.kr
이메일	solbook@solbook.co.kr
출판등록	1990년 9월 15일 제10-420호

© 윤중호, 2022

ISBN   979-11-6020-171-0   03810